KB094186

# DENMA

## THE
## QUANX
## 15

양영순

네오카툰

chapter III . 01−2

# 다이크

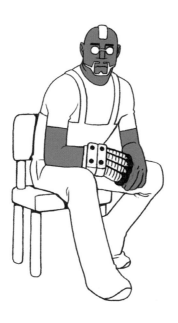

의뢰인이
누구야?

응?

질문이 잘못됐어.
이번 건은 얼마냐고
물어야지?

그간 자네 팀
노고에 대한 충분한
보상이 될 거야.

의뢰인이 누군지
얘기해줘.

그런 궁금증은
이 바닥 금기야. 알면서
왜 이래?

타깃들이…
아는 사이야?

그건 알 필요 없고
누구야? 누가 사주한
거냐고?

그래, 내가
알 필요도…

대답할
필요도 없지.

알았어. 다른 팀을
알아볼게.

맡을게!

다른 사보이들에게
넘어가면 걷잡을 수
없는 상황이 돼.

아이들을
보호하기 위해서라도
내가 맡아야 한다.

……

자네 태도가
신경에 거슬려.
못 믿겠어. 3일 줄게.

시간 내
처리하지 않으면
이 건은 다른 팀에게
바로 넘어가.

이 두 타깃은
이미 길드 게시판에
등록됐어. 무슨
의미인지 알지?

한번 타깃은
8 우주 끝까지. 자네
팀 아니어도 반드시
제거돼.

경우에 따라선
굉장히 거친 친구들이
맡게 될 수도 있어.

......

짝

떡

뭐? 그게 확실해?

예, 방벽 폭파는 전혀 언급된 적이 없습니다.

정말이야?

시민들 피해가 커지면 늑대굴 입장이 불리해지는데요.

그… 그럼 어떻게 된 거야?

아, 이제 곧 대대적인 벙커 진입이 시작됩니다. 서둘러 대비하시죠.

......

공격 기능은 없어. 그냥 방송국 촬영 드론들이야.

이 난리통에 당연하긴 한데…

너무 날아다녀.

타
다
닥

우우우

우우웅

TAXi

우우웅

……

급한 일
있다고…

그냥
가버리네.

엉클, 친구분
성함이…?

……

얼굴 가리는
사람이

이름 밝히고
싶겠어?

……

……

……

엘드곤.

그 친구
이름이야.

ㅎㅎㅎㅎㅎ…

베레미즈 주교의
잔머리가

내게
이런 영광의
기회를 주네.

그 양반…
종단 내 주도권을
잡겠다고…

흐음…

어제 입수한
표도르 주교와 종리장의
대화입니다.

응,
전부 들었어.

표도르가
나 베레미즈를 크게
잘못 알고 있군.

뭐, 종단 수장들
대부분이 그렇지.
사람들 자기 수준에서
상대를 보니까.

난 주도권을
잡으려는 게
아니야.

태모의
성전에서 무위도식하는
무뢰배들의 방자함을
막으려는 거지.

시대 변화를
간과하는 낡은
폐습들…

그걸 움켜쥐고
사리사욕을 채우는
종단 쥐새끼들…

흔들리는
자신들의 입지를
다시 세우려고

조슈아 부활
이벤트를 준비 중에
기다리던 샘플을
발견했다고?
ㅎㅎㅎ…

뭐? 그걸
시작하면 대주교는
따놓은 당상?

표도르같이
순진한 놈이 대주교가
되면 우리 종단은
끝이야.

우라노 타깃들이 표도르 주교에게 넘어가지 않도록

확실하게 조치하겠습니다.

아니. 덴마 프로젝트는 놈에게 넘겨.

예…?

표도르가 모르는 두 가지.

먼저, 원활한 일처리를 위해 내가 심어놓은 사람은 종무장이 아니야.

그를 보좌하고 있는 자네지.

종무장은 자넬 보호하기 위해 내세운 꼭두각시일 뿐.

그리고… 덴마 프로젝트가 동·서로 분열된 종단 분위기를 바로잡게 될 거라고?

천만에!

조직이 그런 이벤트 하나로 뭉칠까?

이익이지! 서로에게 돈이나 권력이 생길 기회가 통합을 가져오는 거야.

우리 계파는 일찌기 종단 원로들을 설득해 대통합을 위한 행동을 시작했어.

그것은 8우주를 쥐고 흔들 무소불위의 권력을 종단에게 선물할 거야.

분열되는 우리의 운명을 바꾸는 건 프로젝트 '덴마'가 아니라

종단 택배사업 실버퀵, 프로젝트명 '베샤카의 아침'이야. 대주교는 내 몫이지.

11

……

배고파…

하긴…

제 자식 하나
건사 못 해 유곽에
넘긴…

그래, 끝까지
만나지 않는 게
서로에게 좋아.

그 사람이
아버지였다 한들 지금
무슨 의미가 있겠어?

절대 반가운 이유로
다시 마주할 리 없지.

기껏 만나봐야
내게 남는 건…

……

가이린.

널 여기 구룡도로
데려온 건

이곳엔 노예 신분을
벗어날 수 있는 기회가
있기 때문이야.

열심히 노력해서 여기 무희가 돼라.

그리고 귀족 손님들 중에 평판이 좋은 사람 눈에 띄도록 노력해.

그 사람이 네게 날개를 달아줄 수 있게 말이야.

그게 너한테 열린 기회다.

......

그런 방법… 말고는 없나요?

응, 없어! 그 방법뿐이야.

너 돈 있니?

아니, 아니. 자유를 살 수 있는 여유 말이야. 주먹은?

귀엽구나, 그걸로 네 주변을 장악할 수 있어? 인맥은?

그냥 아는 사람 말고 널 정말 도와서 끌어올려줄 사람…

돈, 주먹, 인맥.

이 셋 중 하나만 있어도 노예 생활은 벗어날 수 있어. 넌 셋 다 없잖니?

그런 건 전부 부모한테 물려받는 거잖아요.

나도 받은 거 없다. 아직 내 얘기 안 끝났어. 그나마 가능성이라면

13

네가 가진 매력을 극대화시켜서

그 셋을 모두 가진 귀족을 만나 이 굴레에서 벗어나는 것.

매력이요? 전 그렇게 예쁘거나 호감 가는 성격이 아닌걸요.

무엇보다 그런 귀족들은 끼리끼리 만날 텐데 어떻게 나 같은…

그래서 널 여기에 데려온 거야.

구룡도는 성형술로도 유명해. 골격 비율만 좋으면 얼마든지 예뻐져. 귀족과의 대화법 교육도 받고.

……

이상해요. 지금까지 아버진 귀족들을 상대로 싸워오셨잖아요.

그런데 왜 절 그들에게 보내려고 하세요?

……

그래, 오랜 시간 싸워왔지.

늑대굴 멤버로 시작해 우라노의 모든 귀족들을 상대로 곳곳에서…

동지들을 만난단다. 그들도 나처럼 더러운 꼴 안 보고 살고 싶어서 싸운다고 생각했어.

그런데 막상 작은 권력을 갖게 되니 귀족들과 별반 다르지 않더구나.

아니, 더 사악했지. 서로를 잘 알았으니까. 그렇게 시간이 지나고 상처들만 남았어.

그래서 내린 결론이야. 너만이라도 행복하길 바라는….

후우우우…

기껏 만나봐야 내게 남는 건

비참한 현실을 되새김질하고 난 뒤의 쓴 내.

혼자서 온갖 잘난 척하다 실컷 남에게 이용만 당해놓고선 구차하게…

뭐…? 내 행복을 바란다고?

남이었으면 열라 패버렸을 거야. 어떻게 그런 소릴…

그딴 인간이 내 아버지라니… 개짜증 나.

벌떡

안 돼! 미워하면 그 사람처럼 된다. 아버지 같은 인간… 되고 싶지 않아!

감사의 마음을 가져야 이 굴레에서 벗어난댔어.

……

이 세상 보게 해준 아버지께 무조건 감사…

…할 수가 없어! 염병할, 엿같은 내 인생 왜 이따윈데?

왜 별것도 아닌 귀족 놈들에게 날 팔아 넘겨야 하냐고?

왜 그것들 입맛에 맞는 인간이 되려고 하루도 쉴 수 없는 거냐고! 왜! 왜! ㅅ발…

……

……

배고파…

15

자정 내내
쫑알쫑알…
잠 좀 잡시다.

버섯 수프야.
삼촌이 데워줬어.

자기 전이니까
그걸로 만족하길
바라.

응! 응!
맛있어! 맛있어!

아, 엉클 같은
남친 있으면 정말
좋겠다.

옆에 젊은 남자 두고
노인네는 왜 찾아?

미친…!
당신은 본인 여친이나
신경 쓰세요!

떡

지금…
불바다 한가운데서
싸우고 있어.

늑대굴
수장이거든.

……

앞이 조금씩 보여.
자고 일어나면 완전히
회복될 것 같아.

현장에 가려고.
넌 이 사태가 끝나면
데려다줄게. 지금은
많이 위험해서…

콰

퍽

퍽

텅 텅

텅

다 왔어요!
방어팀은
후방 경계!

공격조는
바짝 붙어요!

으아아…

이… 이대로는
이제 곧 제7벙커가
뚫립니다!

화력 지원 요청에
응답한 귀족들은 아직
없습니다.

다른 벙커에
있는 붉은늑대라도
불러오는 게…

벙커가 뚫리면
내부에는 저들을 저지할
방법이 전자기 방어막
외에는…

열리면
방송국 드론들이
내부 촬영할 수 있도록
전자기 방어막은
해제해.

예?

터엉

열렸다!

선발대를
천천히 따라와!

지겨운
날파리들!

진정. 드론들
내버려 두래.

무엇보다 벙커
내부 트랩을 확인하게
돌아다니는 편이…

치잇!
저것들 때문에
마스크를
못 벗겠네.

아…

테이 대장,
얼굴 노출돼도
괜찮아요?

8 우주민들에게
우리 행동의 당위성을
보여주기 위해

수장들은 전원
얼굴 공개합니다.

벙커 전체적으로
전자기 방어막 말고는
다른 트랩은 없는 것
같습니다.

그마저도 작동이
안 되고 있고요.

키힝

모두 엎드려요.

텅텅텅텅텅

오케이, 대장 감사.

덕분에 힘이 덜 들겠어.

열려라, 참깨!

드르르륵

!

오, 맙소사…

코어까지 개방됐습니다! 이제는…

늑대굴 지원하던 태모신교 사제 시신들 영상 내보내면서

방송 사고로 벙커 내부가 잠시 공개된 것처럼 연출해.

그리고 우라노 전역과 평의회 게시판에 유출본이랍시고 뿌려.

아는 놈들 눈엔 엘가의 가치가 확연히 보일 거야.

20

제군들! 엘가 소유의 모든 구역에 비상사태를 선포하고

매니저들도 팀장급만 남고 전원 퇴근해!

전 직원들에게 소환령이 있을 때까지 출근 금지령을 내려!

어딜…? 팀장이 아니어도 자넨 여기 남아.

네… 넵!

응?

종무장 측에서 네게 업무 요청이 있었다고?

예, 이런 메시지가 와 있길래 다녀왔습니다.

가즈오 사제님, 여기는 종무국 사무소 입니다.

긴히 드릴 급한 요청이 있습니다. 지금 바로 방문해 주시겠습니까?

그래, 가서 무슨 얘길 들었어?

종단 일급 기밀이라고…

준비 중인 프로젝트에 적절한 샘플을 찾았으니

탈 없이 조용히 여기로 데려오라는 것이었습니다.

이 일을 사제님께 맡기는 건 분파에 휘둘리지 않는

강직한 분이란 평판을 들었기 때문입니다. 부디….

거기 누구 없어요?

어이! 이봐…!

뭐야, 이거…
출근 시간 지났는데
왜 아무도 안 보여?

!

안녕하십니까,
여기 빌라 원의
지배인입니다. 지금은
비상상태로

이곳은 안전을 위해
잠정 폐쇄됩니다. 사태가
진정되는 대로…

뭐야, 어쩌지…?
그럼 구룡도에라도
데려다줄까?

……

다시는 거기
있고 싶지 않아.

나… 혹시
따라가도 돼?

뭐? 거긴 위험해.
네 안전을 보장할 수
없다고.

엉클 말씀에
하나 더 보탤게.
언제 어디서 죽어도
이상하지 않아.

당장은
갈 곳이 없어서 그래.
다이크랑 같이 갈게.

혹시 알아?
당신 여친한테
해명할 기회가 생길지?
응? 가자!

……

23

공작님!

엘가 뉴스입니다. 꼭 보셔야 해요.

뉴스? 벙커 뚫렸다고? 이미 봤어.

그 직후 잠시 벙커 내부가 공개됐는데요. 드론 영상입니다.

지금은 방송국 데이터에서 삭제된 것 같습니다. 보시죠.

……

이게 어쨌다고? 우리도 이 정도 금괴는 있잖아.

금괴가 아니라 그 뒤로 보이는 박스에 주목하셔야 합니다.

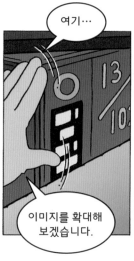

여기…

이미지를 확대해 보겠습니다.

이 박스들은 8우주 무역협정에 따른 행성 간 화물 전용 컨테이너입니다.

표면 도판으로 내용물을 알 수 있는데 지금 이 박스의 경우…

엘가가
채굴권을 가진 행성
퀸트에서 왔고요.

엘가의 소유로
안에는 힙노티늄이
들어 있습니다. 여기서
주목할 포인트는

바로
도판 옆에 적힌
이 숫자들인데요.

보통은
별도의 표시를
하지 않는데

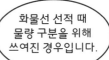

화물선 선적 때
물량 구분을 위해
쓰여진 경우입니다.

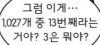

그럼 이게…
1,027개 중 13번째라는
거야? 3은 뭐야?

3차 채굴로 읽힙니다.

힙노티늄은
최근에 가장 각광받는
금속 자원입니다.

벙커 내부의
금괴를 다 팔아도 이 박스
하나를 살 수 없어요.

뭐? 그 정도냐…?

벙커 내부엔
이 정도의 가치를 가진
박스로 가득합니다.

그래? 하이퍼
경호원들을 거느린
나보다 부자네.

짚나이트로 번 돈
가지고 외행성 채굴권을
사들인다더니.

8 우주 자본들이
엘가로 쏟아지고
있었던 거야?

서두르시죠.

엘가가
우리에게만
도움을 청한 게
아니어서…

팀장!

옛썰!

지금 당장
팀 꾸려서 엘가 테러
현장에 들어가.

25

벙커를 사수하고 진입하는 놈들은 그게 누구든

전부 치워버려. 붉은늑대도 예외는 없는 거야. 알겠지?

하즈에게 당장 알리고 방문하겠…

아니야. 그건 급할 것 없어.

우리가 현장을 점령하는 게 먼저다.

다른 잡놈들이 끼어들기 전에 못을 박는 거야.

저기…

하즈 님?

근데… 컨테이너 박스에 쓰여진 숫자들은 정말입니까?

자네 저 도판과 숫자의 의미를 알지?

예, 8 우주 자원무역도 매니저 시험 항목이었으니까요.

저 숫자들은 내 염원을 담은 페인트 낙서들이야.

예?

이런 규모의 자산들을 언젠가는 엘가도 보유하길 바라는 마음이지.

이 낚싯바늘에 제일 먼저 어떤 물고기가 걸려들려나…

……

뭐야, 다이크 이 자식은 어쩌다 사보이들의 표적이 된 거야?

귀족의 여자라도 건드렸나?

대장은 이놈을 어떻게 알고…?

아, 그러지 말고 이 두 사람 누군지 얘기해줘요.

우리한테도 얘기 안 하면 누구한테 하려고…

그만! 대장이 할 얘기 안 한 적 없잖아.

말하고 싶지 않다면 존중해드리자고.

보호 대상자 둘…

어쩌실 겁니까? 이미 길드 게시판엔 신상이 공개돼 버렸는데…

일단 내일… 딜러를 직접 만나 다시 한번 설득해 보고…

안 되면 놈을 치우고 게시판도 지워버려야지.

사태가 꽤 커지겠는데요. 그렇게 되면 우리…

우라노 사보이들과 조폭들의 타깃이 될 수도…

아, 잠깐!
잠깐만! 다른
해결법은 없어?

방법이 너무
극단적이잖아.
사보이 형제들을
설득…

…은 역시
어렵겠구나.

이것저것
생각해봤는데
내 판단으론 이게
가장 현실적인
방법이야.

나 때문에
애먼 동지들이
곤란하게 됐군.
정말 미안하다.

여러분들에겐
어떤 피해도 가지
않게 할게.

운이 닿는다면
다시 함께 일할 수
있기를.

그동안
정말 고마웠다.
그럼 이만…

……

하여간 사람
하고는…

모 아니면
도라는 태도…
사람이 저렇게
살면 안 돼!

응가이 선배,
어쩔 거야?

……

어쩌긴 뭘! 일단
의뢰인이 누군지부터
알아보자고.

누가 알아?
의뢰인을 설득할 수
있을지?

어떻게? 딜러가
팀장에게도 안 한 얘길
우리한테 하겠어?

이럴 때를 대비해
준비해뒀지.

당장 알아볼게.

뭐?

그게 무슨 개소리야?

그건 너희가 &#$@%!?…

……

……

타닥 타다닥

……

맙소사…
엘가 장난 아니네.

저게 다 금괴…?
아, 저것들 좀 뜯어 먹을 방법 없나?

티링

CALL

그래, 자기야.
알아봤어?

의뢰인이 엘가의 총책임 관리자 하즈 집사로 나와.

뭐? 엘가의 총책임 관리자?

……

그래…
이거 잘만 굴리면 이번 기회에

엘가와의 연줄을 다이렉트로 만들 수 있겠는걸.

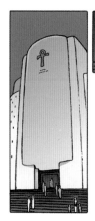

뭐?

당장 연결해!

......

우라노의 교구들이 불타고 있다니…

어찌 된 일입니까?

현재 엘 백작의 주요 도심지는 테러로 불길에 휩싸여 있습니다.

그런데… 그 테러범들 중 상당수가

장로들의 노여움을 사 퇴출당했던

종단의 수호 사제들로 밝혀졌습니다.

이… 이런! 어쩌다가…

퇴출 이후 생계 문제로 이런 데까지 손댄 것 같습니다.

테러로 가족과 집을 잃은 우라노 도시민들의 분노가 방화로 이어져

현재 교구 승려들은 모두 대피 중입니다.

이거야, 원…

이 모든 상황이 현재 8우주로 생중계 되고 있습니다.

30

종단의 공식적인 해명을 서둘러…

여부가 있겠습니까? 바로 준비하겠습니다.

엘가와 우라노 민중들의 오해를 빨리 풀지 않으면

종단의 성장을 견제하는 8 우주 귀족들이 이때다 싶을 겁니다.

엘가의 경우는 해명만으로는 부족합니다.

지금 경호 인력의 절멸로 무방비 상태에서 약탈당하고 있어요.

부디 현장 위기를 극복하도록 구체적인 도움의 손길을…

최선을 다하겠소! 교구장은 엘가에 종단 입장을 계속 어필해주세요!

괜찮으십니까, 종무장님?

뭐, 이 정도의 해프닝이야…

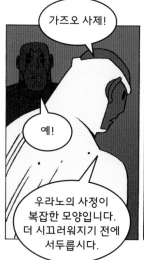

가즈오 사제!

예!

우라노의 사정이 복잡한 모양입니다. 더 시끄러워지기 전에 서두릅시다.

샘플들… 무사히 잘 데려오세요.

예, 알겠습니다.

……

……

흐음…
그런 일이…

이거…
엘가 입장에선 정말
황당하겠는걸.

종무장이 무척
난처했겠군.

위기를 극복하도록
구체적인 도움의 손길?

여차하면 우리보고
엘가의 경호원 역할을
해달라는 얘긴데…

종무장이
결국 주교들에게
화력 지원을
청할 테지.

응하시겠습니까?

요청이 들어오면
완전히 무시해.

다른 귀족들이
우리가 엘가의 하수인
노릇을 하는 걸 보면
뭐라 하겠어?

좋은 기회야.
요청에 응할 테니까
내게 먼저 알려.

8 우주 귀족들에게
우리의 위기 대처법을
보여주는 거다.

이게 귀족들로부터
종단의 입지를 지키는
방법이야.

……

후아아아…

지치니까
한 번에 옮길 수 있는
양도 엄청 줄어.

그만! 이제
그만하세요! 대체
언제까지…

우리
지금 이럴 때가
아닙니다!

테이 자매,
약속대로 우리는
늑대굴 여러분과
끝까지 갑니다.

저희를
믿으세요.

금괴 몇 덩어리만
옮기겠다고 하셨잖아요?
이게 몇니까?

이럴 때가 아닙니다.
엘가의 지원 화력들이
언제 도착할지 몰라요.

그러니까요.
그래서 이렇게 밤새
움직이잖아요.

이런 건 엘 백작을
붙잡은 뒤에도
늦지 않아요!

다시 전투가
시작되면 여기 전리품이
남아 있겠습니까?

챙길 수 있을 때…
당장 우리 팀 사기도
오르고요.

이제 몇 블록만
옮기면 끝나니까
조금만 더 기다려
주세요.

사제님!

자,자! 힘내자고! 두서너 번만 더 움직이면 마무리돼!

옮겨 놓은 금괴는 눈에 안 띄게 주변 정리 잘 했지?

아무렴! 우리 평생 양식인데….

슈슈슈슉

아… 안 돼. 이러다간…

팅

테이, 너희 쪽은 어때?

소용없어. 말이 안 통해. 거긴?

여기 제5벙커도 마찬가지야. 아무리 윽박질러도…

사제 출신들이 왜 이래? 물욕 진짜 쩔어!

전부 금괴에 눈이 뒤집혀가지고는 밤새… 어디로 옮기는지 말도 안 해.

이러다 엘가의 지원 화력 역공이 시작되면…

그래, 더 이상은 안되겠어!

말이 안 통한다면…

통
통
통

동작 그만!

고맙게도 모두 안에 모여 있네.

다시 모실 테니 잠시만…

사제님, 정말…

응?

아, 틀림없어요! 엘가의 지원 화력들…

이런…

이제 도착하기 시작하나 봐요!

어서! 가서 모두 밖으로…!

예… 옛썰!

자, 시작해볼까?

8우주에서 손꼽히는 열이야.

플라즈마 열선포 준비!

테러의 죗값이 너희 몸과 함께 증발할 것이다.

턱

이 자식, 마스크도 없이… 방송에 일부러 얼굴을 노출한 건가?

제7벙커라면…

바로 여긴데…

BUNKER7

슈 슈

엘가에 화력 지원이 시작된 것 같아요. 당장 밖으로…

뭐?

키 히 잉

순간이야. 고통 없이 가는 걸 감사해라.

지금 입구 쪽에
대기 중인 모양이다.
순간이동으로
나가는 게…

잠깐, 난 한 번에
10명까지만 가능해.

후으윽

응?

화아악

콰
과
과
과

안 돼!

테이야!

……

숙

아, 잠깐만! 진정해! 설명할게!

!

타닥

반격할 여유를 주면 싸움은 지저분해져.

꽈과과과

이건 더 강한 쪽의 배려다. 잘들 가시게.

 꽈과과

퍽 !

털 썩

아… 안 돼!

화아아아악

크웃! 열기…

사제님들, 괜찮아요?

내 말 들려요?

……

들리면 대답해요!

살아 있어요?

……

끄륵…

끄르륵…

끄르르…

……

……

아… 안돼…

테이야!

안 돼…

테이야!

내 잘못이야…
나 때문에…

계획대로
일찍 데리고
나왔더라면…

아냐. 넌 최선을
다했어. 늘 그랬던
것처럼…

！

테… 테이 씨!

진정해요. 설명할게요.

됐어! 그딴 거 궁금하지 않아!

슈슈슈슈

!

뭐야? 당했네.

그쪽이 그랬어?

아, 이 친구들… 총기 우습게 보지 말라니까.

텅텅텅

총 총 총 총

물론 총을 들었다고 해서

츠즈즈즈

우릴 우습게 봐서도 안 되지.

슈슈슉

!

41

꽈앙

크웃…!

모두 나와! 놈들이 순간이동 할 수도 있어!

BUNKERS

벙커 외곽에 외방향 배리어를 칠 거야!

잡아! 곧 천장이 무너져!

크흑… 몸이 안 움직여.

슈슈슈슈슉

바깥에 함정이 있진 않겠지?

터엉

우와아아앗…!!

마침 내부 붕괴까지…

쿠궁

그야말로 독 안의 쥐군!

저것들이다! 전부 쏴!

투드드득

우리 실력을 보여주마!

안 봐도 뻔해. 소용없어.

총 총 총 총 총

안쪽에서만 방어막 기능이 작동하지.

팍

퍽

퍽

너희 테러범들은 이제 완전히 몰살이야! 바이, 바이!

43

크아아아…

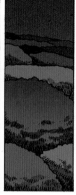

……

제7벙커는
벌써 끝났대!

우리도
서두르자고!

제기랄! 할 수 있는 게
소용없는 총질뿐이라니…
이런 개죽음을…

어? 뚫렸다!

방금 뭐야?
검은…

촷

촷

어? 누구지?

누군가 우릴
돕고 있어!

팅

7벙커 팀…
도… 도와줘!

왜 그래?
무슨 일이야?

지금 여기
정체불명의…

틱

슈슈슈슈슈

촷

차

비상이다! 전원
제5 벙커로!

이… 이런!

모양새를 보니…

설마 저 두건 쓴 놈에게 전부 당한 거냐?

젠장! 한 무더기 더 왔다! 쉴 틈 주지 말고 공격해!

크읏! 이것들이…

좋아, 거기 한복판에다…

빠르네. 어디 우리도 막아보시지?

터엉

크아아아아…

촛

텅

슈슉

쩍

쩍

착

잡았다!

꽤 한다만 우리 팀워크는…

분발해!

……

어?
저 친구…

공자 아냐?

맞아!
그 여자야!

뭐야, 어떻게
된 거지?

우릴 위해
싸우고 있어!

테이 자매…
아니, 테이 대장
정말 대단해!

저 마녀를 어떻게
설득했길래…

아니, 우리 지금
뭐 하는 거야?

이렇게 넋 놓고
구경만 할 거야?

자… 잠시만.
나도 큥이지만
저런 움직임…
처음 봐.

마치…

8우주 전투의 신을
보는 것 같아.

……

타깃들의 공명
신호가 여기 센서로는
파장 형태로 보이네.

아, 이 두 사람이군요.

나머지는
왜 데려온 거야?

신호로
구별하기엔 현장
상황이 너무 다급해서
일단 한꺼번에…

그래, 그건
잘한 일이야.

아까 이 친구는
강하게 반발했지…

타깃 외엔
기억 지워서
돌려보내.

옛썰!

슈슉

……

알아보셨어요?
여기 어딥니까?

내 힘으로는
현장 복귀가
어렵겠어.

일단 여긴 외행성, 벤투스의 태모신교 교구 중 하나야.

!

행성 간 이동은 내 기술로는 어림없어.

물론 행성 내에서 도망 다니는 건 헛수고이고.

태모신교…?

혹시… 테이 널 보호하려고 종단에서…?

……

그럼 누가 관련…?

난 나만 믿어.

신앙생활은 정직하게 세금 내는 종교 단체를 발견하면

그때 고려해 보려고…

말도 안 돼. 난 그저 한낱 평신도야. 승려나 무녀라면 몰라도…

지금 내 일은 종단과는 어떤 관계도 없어.

뭐야, 그럼…

혹시 그때 그놈과도 관련이 있는 건가?

가이린과 날 납치하려고 했어.

젠장! 도대체 뭐야…?

팅

틱

영상 메시지가 두 개? 우선…

49

하아···

하아···

하아···

테이, 너··· 살아 있냐?

여기 제5벙커 사제팀은 전원 몰살이야!

네가 설득했던 그 백발 마녀···

그 여자가 사제들을 전부 죽였어.

툭

저··· 정말 고맙습니다, 공자님.

저희가 저질렀던 과오에도 불구하고 이렇게 은혜를···

······

은혜···?

그래, 분명히 은혜를 베풀었지.

죽기 전에 어려운 사람들을 한 번 도우라고 기회를 줬으니까.

너희 믿음대로라면 태모의 품에 좀 더 가까운 곳에서 영면할 수 있다지?

너희는 내 손에 죽어야 돼. 그런데 엉뚱한 놈들이 너흴 치고 있더란 말이야.

그래서 내가 이 수고를 한 거야. 이제 너희 차례다.

50

…… 

테이야…

타

……

……

하아…

하아…

테…
테이 자매!

당신 어떻게… 우리한테 이럴 수 있어?

거짓말이었잖아.

그 마녀를 설득했다는 말을 믿고 목숨 걸고 당신을 도왔더니…

그 악마가 우리더러 알고나 가라고 들려주더군.

여기 일이 다 끝나면 우릴 치우는 걸로 약속돼 있었다고?

당신… 참 잔인한 사람이야.

당신에게 들려준 우리 사연들은 어떤 가치도 없었던 거지?

……

아, 수고했어요.

현장 상황 때문에 같이 데려왔던 두 사람은 기억을 지워 되돌려 보내겠습니다.

……

기억을 지운다고?

깔끔한 일처리를 위해선… 이견이…?

……

아무리 종단을 떠났다지만 한때 우리의 형제들…

그들이 신도를 사칭하는 자의 거짓말로 모두 변을 당한 모양입니다.

본인이 죄책감을 얼마나 느낄지 알 수는 없으나

사제들을 해친 기억을 지워버린다면

억울한 죽음을 당한 형제들에게 너무 미안한 일…

부디 양심의 가책으로 평생 괴로워하길.

여기 이자의 기억만큼은 지우지 마시오.

……

뭐… 그 정도라면 이번 일에 별 영향은 없을 터.

예, 알겠습니다.

공작님, 쾽 딜러들로부터 답변이…

그래, 어디 소속이래?

블랭크일 거랍니다.

블랭크?

딜러들 리스트에 없는 인물입니다.

혼자서 우리 경호팀을 상대하는 실력자를 쾽 딜러들이 모를 리 없기 때문에…

그게… 가능해? 8 우주가 넓다지만 저런 쾽을… 모른다고?

놀랍게도 일반인들과의 접점이 거의 없는 쾽들이 꽤 많습니다.

이런 부류 중 구속을 싫어하는 자유 영혼들은 집계가 무척 어렵죠.

블랭크라는 개념은 애초에 이런 자들 때문에 생겨난 겁니다.

평의회 쾽 관리에 한계가 있을 수밖에요.

그럼… 이런 것들로부터 위협받게 되면 누가 해결해?

돈 몇 푼 쥐여주고 평의회 감찰국에 신고하면 대부분 해결됩니다.

정황으로 보아 이제 이 블랭크가 우리에게 위협이 될 이유는 없습니다.

개죽음을 당한 우리 경호팀의 안식을 위해서

상황이 진정되면 감찰국의 도움으로 반드시 잡겠습니다.

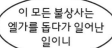

이 모든 불상사는 엘가를 돕다가 일어난 일이니

백작한테 피해보상을 청구하면 될 것이고…

그러기 위해선 이곳엔 최소 인력만 남기고

남은 경호 인력을 전부 엘가로 보내야겠지?

나중에 엉뚱하게 끼어든 놈들이 주인 행세 못 하게!

제가 직접 데리고 가 하즈를 대면하겠습니다.

예, 하즈 님.

블랭크랍니다.

딜러들 리스트엔 없는 인물이래요.

그럼 드론에 잡힌 대화 내용대로 개인 원한의 복수였단 말이지?

예, 이 블랭크의 추가 개입은 없을 것 같습니다.

더 노출돼봐야 평의회 감찰들의 표적이 될 테니…

오돔 공작의 경비대를 혼자서… 경이롭군.

아직은 이런 자들을 사들일 수 없는 입장… 아쉽군.

어쨌거나 이로써 이이제이가 된 셈이네.

이제 남은 건 우리 금고를 확인한 개들 싸움인가?

55

스읏

이봐, 누가
일어나래?

우린 시민
자경단이야.

너희 때문에
가족과 거처를
잃었어.

무고하게
다친 사람들을
보호하고

너희
늑대굴 놈들을
전부 잡아들이는 게
우리 임무다.

팅

아, 이런 제기랄!
벙커 내부가 무너져
있네.

이래서야…
외부 지원팀들이
들어오면

우리가 챙길 수
있는 건 하나도 남지
않겠어.

수색 중이니까
이따 얘기해.

아울러
우린 피해보상에도
신경 쓰고 있지.
무릎 꿇어!

엎드리고
양손 뒤로!

치졸한
짓거리는 안 해.
대신 정당한 대가를
치르게 할 거야.

분노한
사람들에게
데려간다.

그들은 네게
분풀이를 할 거야.

먼저 잡은
두 놈에게 했던 것
처럼.

물론 그 둘은
결국 죽었지.

엘드곤?

알았어.
곧 갈테니 잠시
기다리라고 해.

내 용건은…

알아.
얘기 들었어.

뭐? 누구한테?

자네 태도가 뒤늦게
이해됐어. 그래, 그런
사정이 있었군.

……

뭐야? 도대체
누구한테 무슨
얘길…?

아, 내 인맥으로
그 정도도 못 듣겠나?

펜타곤의 누가
밀고 한 거냐?

밀고라니?
팀장이라면 팀원을
끝까지 믿는 모습을
보여야지, 쯧!

자식을
엘가의 타깃으로
키운 건 결국 자네
책임 아닌가?

뭐가 어째?
그걸 지금
말이라고…

이번 일에서
빠지라니까. 그게
서로에게 최선…

개자식…!

아무렴! 내가 그 정도 대비도 없이 자넬 대면하겠나?

그나저나… 정말 날 치려고 온 거였네.

누구냐? 누가 발설한 거야?

지금 그게 중요할까?

제기랄! 함정…

텁 썩

테이블 위 화분 때문이야.

의식을 흐리게 만들지. 눈앞의 홀로그램도 구분 못 하는 정도에서.

반나절 정도 사지가 마비될 거야, 엘드곤.

아, 다른 경로로 따님 덕분에 뒤늦게 자네 본명까지 알게 됐어.

자네 역시 엘가의 타깃이라지, 하아켄? ㅎㅎㅎ…

크흐윽…

무슨 해결? 네가 뭘 할 수 있는데?

너희 때문에 죽은 내 가족 어쩔 거야?

사람은 너희가 죽이고 책임은 우리가 져?

오해예요, 여러분. 저희는…

떡

오해? 우리가 직접 겪었는데?

최소한의 양심도 없냐?

난 너희가 그토록 내세우는 엘가 노예 중 하나다.

내가 언제 너희한테 날 해방 시켜 달랬어?

십여 년간 개처럼 일해서 이제 자유민이 될 날이 며칠 안 남았었는데…

너희 때문에 내가 일해왔던 증거들이 전부 날아가버렸어.

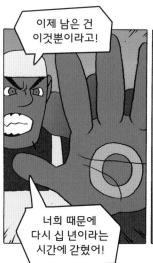

이제 남은 건 이것뿐이라고!

너희 때문에 다시 십 년이라는 시간에 갇혔어!

너희가 뭔데? 무슨 자격으로 남의 인생에 끼어들어?

알아? 정작 처음부터 노예였던 우린 별 불만 없이 지냈어. 자유민의 꿈을 가지고.

문제는 자유민으로 살다 노예로 미끄러진 인간들…

그것들 불만에 너희 같은 것들이 덩달아 날뛰기 시작했지.

정말 개같은 건 너희와 그것들이 싸질러놓은 똥 치우기는

늘 우리 몫이었단 말이다!

엘가에 소속된 걸 감사해하는 노예도 있다는 건 알아?

자유민이니 백작님이 얼마나 자비로운 분인지 모를 거야.

당신들 증오해! 정의 운운하면서 실은 남의 고통엔 아무 관심 없는…

너희는 갈등만 조장하는 가장 역겨운 쓰레기야!

떡

죽어!

그만! 다음 사람에게도 기회 줘야지.

꽉

남은 인원들이 다 던지고 난 뒤에도 숨이 붙어 있다면

그때 다시 기회를 줄 테니까 진정해.

내 건물을 날려? 뭐로 보상할래? 응?

웩

떡

왜? 가속 기술로 벽이라도 무너뜨리게?

당신 그 짓거리 헛수고야.

자네 스킬이 이 바닥에선 꽤 알려져 있어서

강을 가로지르는 다리 내부에 가둬놨지.

바람이나 보행자들 때문에 생기는 공진 현상을 막는 역진동 발생 장치가 있거든.

차르르르

일종의 제어기인 셈. 그러니 그런 잔재주 소용없어.

쓸데없는 수작 말고 얌전히 계셔.

제 자식 버린 애비가 뒤늦게 자식 사랑에 발동이라도 걸렸나?

고민 중이야. 자넬 언제 엘가로 넘겨야

가장 비싼 가격을 받을 수 있을지.

지금 소동이 언제 정리되느냐에 따라 시기가 결정되겠지?

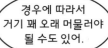

경우에 따라서 거기 꽤 오래 머물러야 될 수도 있어.

아, 그리고 이번 일은 다른 팀에게 넘겼어.

자네 팀원들과 무슨 작당을 했을지 모르니까.

일처리 속도가 빠른 팀이야.

깔끔하게 마무리될 거야.

닥쳐, 이 개자식아!

아이들 털끝 하나라도 건드렸다간 너희는…

장난해?

거리가
얼마나 된다고
저걸 못 맞혀?

넌 기회 한 번
더 준다.

이번에도
실패하면…

그래, 분노를
잔뜩 실어!

훽

그렇지!

멈칫

아, 어떻게 던졌길래
중간에 멈…

응?

퍽

으악!

츠르르르

퍽
퍽
퍽
퍽

아악…!

크윗…!

그만둬! 우린 퀑이다!

해칠 의도는 없지만 그건 너희 하기 나름!

우린 여기 동료들만 데려가면 된다!

몰살당하지 않으려면 너흰 가만히 있으면 되고!

알겠나?

그건 옳지 않아.

염병! 이 바닥에 옳고 그른 게 어딨어? 뭐가 더 이익인지가 중요하지!

붙잡힌 엘드곤이 할 수 있는 건 무사히 엘가에 팔려 가는 일뿐이야.

이제 우린 우리 살길 찾자고!

의뢰인이 엘가의 책임자란 말이야.

이번 일 잘 엮어서 든든한 물주 하나 만들어 놓자니까!

그러자고 대장이 지키려는 사람들을 쳐?

그런 파렴치한 양아치 짓거리는… 할 수 없어.

뭐? 야, 그럼 난 양아치냐? 조금만 깊게 생각해봐! 이건 의리야!

은가누 형제들에게 이번 일이 넘어갔어.

타깃들이 얼마나 지저분한 꼴 당할지 뻔하잖아.

그러니 대장을 위해서라도 우리가 깨끗이 마무리해 줘야지. 안 그래?

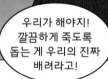

어차피 결국 타깃들은 죽어. 그럼 엘드곤도 우리가 나서길 바랄 거야.

우리가 해야지! 깔끔하게 죽도록 돕는 게 우리의 진짜 배려라고!

……

그건…

도리가 아니야.

빌어먹을! 타깃들이 그것들한테 개같은 꼴 당하다 죽게 될 게 뻔한데

도리 찾는 넌… 뭘 할 건데? 가서 대장이라도 구해 올 거야? 응?

그래서 우라노 사보이들의 공동 타깃이 될 배짱이라도 있냐고?

아무것도 안 할 거면서 적당히 입바른 소리로 가책을 덜겠다?

끊는다.

야, 랜돌프!

야…!

......

주둥이 성자 납셨네. 이럴 줄 알았어.

하여간 앞뒤 꽉 막힌 등신이 하나만 알고 둘은 몰라요.

아쉽네. 랜돌프가 우리 팀 최고 전력인데…

야! 말 똑바로 안 해?

우리 행크 님이 등장하기 전까지는!

아, 사람 말 좀 끝까지 들어. 성질부터 내지 말고…

그럼 우리 셋만 하는 거지?

은가누 패밀리는 어쩔 거야?

걔들이 우리 일을 되돌려줄 리는 없고.

이제는 우리가 먼저 타깃을 잡아도 보상은 지명받은 그놈들 몫이잖아.

그래, 똥머리가 우리 일을 동의도 없이 놈들에게 넘겼지.

우리 팀을 자기가 거느리는 수하 중 하나 정도로 여기는 거야.

우리한테 엿을 먹였으니 받은 것 이상 돌려드리자고!

똥머리가 일을 우리에게 다시 맡기게 할 확실한 방법이 있어!

어서 오십시오,
집사님.

오돔 공작님의
화력 지원에 깊은
감사드립니다.

아울러
안타깝게 목숨을
잃은 경비팀…

우라노
민중들을 위해
싸우다 죽었으니
그들도 원은 없을
겁니다.

우선 백작님께
인사드릴까요?

아, 지금 피난
중이십니다. 안전이
확보될 때까지 잠시
인사를 미루시죠.

집사님
방문 소식에 무척
기뻐하셨어요.

함께하지
못하는 점을 양해
바란다고 말씀
하셨습니다.

마음에 여유도
없으실 텐데 제게
신경 써주셔서 황공할
따름입니다.

무엇보다 저희
경비팀 화력을 조금 더
지켜봐주십시오.

평의회 감찰국과
공조해서 어떤 돌발
상황도 통제해
나가겠습니다.

그렇게
말씀해주시니 마음이
놓이네요. 블랭크
하나 때문에 많이
놀랐습니다.

도시민들의
안전을 위해 지금 당장
경비팀을 재배치
하겠습니다.

위치 선정은…
여기 매니저들에게
부탁하면 될까요?

도시 경계
관리자를
불러오고

옛썰!

공작님 경비팀에게
숙소와 먹거리 제공해
드려.

......

아니 그걸 지금 말이라고 해, 당신들?

되돌아가겠다고 해서 전쟁터 한가운데로 데려갔다고?

우리가 잠든 사이에 충동질해서…?

그 사람 당신네 신도인 건 알고는 있어?

오해십니다. 자매님 의견을 존중해…

오해? 죽겠다는 사람도 말려야 하는 게 기본 아니야?

하물며 종교인이란 것들이 죽음을 종용해?

이러니 사이비 소리를 듣지! 이 개자식들아!

됐어! 안 해! 아무것도 안 해!

털썩

내가 필요해서 데려온 거잖아! 일체 협조하지 않겠다!

테이 데려와! 내 여친 여기다 돌려놓으라고!

신도가 개죽음 당하는 거 보고만 있는 이 쓰레기들아!

팅

다시 데려와요. 저렇게 마음의 저항이 생겨서는

프로젝트를 시작할 수가 없습니다.

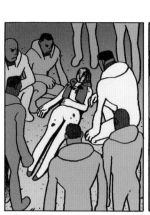

다행히 숨은 붙어 있다만…

망할 자식들! 사람을 곤죽으로 만들어놨어.

어쩌지? 당장 치료가 필요한데 의료시설은 파괴되고…

우리 중에 순간이동이 가능한 사람도 없고…

슈 슉

!

뭐? 태모신교 사제…?

……

아… 알았어! 그럼 내가 같이 가겠소.

누… 누구냐…?

누가 테이를 이 꼴로…?

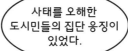

사태를 오해한 도시민들의 집단 응징이 있었다.

테이 말고 두 사람은 사망했어.

당신 지금 누구한테 얘기하는 거야? 테이 말고 누가 죽든 그게 나랑 무슨 상관인데?

너희 늑대굴 놈들 뻘짓 때문에 테이가 이렇게 된 거잖아.

동료 하나 못 지키는 주제에… 인민해방?

닥쳐! 붉은늑대 똘마니한테 들을 소린 아니니까!

뭐? 똘마니?

여러분, 자매가 치료실로 들어갑니다.

테이야…

테이…

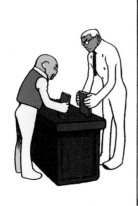

아무리 생각해도…

오돔 공작 너무 무례한 것 같아요.

집사를 시켜서 마치 점령지를 순찰하는 듯한 태도잖아요.

그들에게 뭘 기대하는 건가?

예상대로 움직여주고 있는걸. 그거면 됐지.

예, 하즈 님.

붉은늑대 전력이 몇이나 남았나?

50여 명 됩니다.

그래, 전원 복귀시켜서 여기 지휘본부 경계를 맡기게.

도심 현장과 벙커 일대는 전부 공작 팀에게 넘겼어. 좀 쉬도록 해.

……

가이린 양은 아직 못 찾았습니다.

응?

아, 그래. 가이린…

사보이들에게 사주한 일이 행여라도 주인님 귀에 들어가면 안 된다.

애매한 태도로 붉은늑대가 수색에 집중하는 일이 없도록…

어쩔 수 없지 않은가? 지금 그보다 급한 일이 많으니.

하즈 님, 지금까지 전개된 상황들이 잘 납득되지 않습니다.

제가 좀 더 알아야 할 것들이… 있는 건 아닙니까?

……

팀 전력의 큰 손실 때문에

자괴감 느낄 것 없네. 우린 최선을 다하고 있으니까.

이제 본부 경비에 최선을 다해줘. 알겠나?

……

이 블랭크에게
당한 경비팀이 전부가
아니었어?

오돔 자식…
소문대로 전투 큉들을
많이도 끌어모았네.

나 이 친구
마음에 드는데…
백경대로 끌어올 수
없나?

그건
좋은 생각이
아니야.

큉 선발은 딜러들의
추천에 의존하는 게
옳아.

실력만 보고
아무나 데려왔다간
팀워크 망가질 수
있어.

특히 블랭크의 경우,
그 기질 때문에

돈 쓰고 사람
다치고… 큰 손실만
안게 돼.

아…
헤글러랑 싸우면
누가 이길지 너무
궁금한데…

중학생 아이 같은
호기심은 경계해
주세요.

그게
뭐 어때서?

틱

문명의 8할은
그 또래의 호기심이
만들어낸 거라고.

어디 보자….

이런 미끼로
엘… 아니, 하즈라는
친구는 뭘 하려는
걸까?

힙노티늄…

틱
틱 틱

……

8우주 매장 예상량의
10배에 달하는 채굴량…

화면 속 광물량은
근거 없는 오류
투성이야.

이런 거짓말을 평의회 게시판에까지…

8우주 곳곳에 허세를 떠는 이유가 뭐야?

뻔하잖아.

우리랑 다시 손잡고 싶은 거지.

차명계좌들이 무더기로 발각되면서

우리와의 계약이 해지된 이후로 엘가의 성장은 멈춰버렸어.

보란 듯이 우리가 가장 껄끄러워하는 오돔에게

도움을 요청한 건 우릴 자극하기 위한 수작.

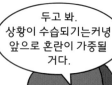

마치 얼른 우릴 붙잡지 않으면

너희가 가질 수 있는 거 전부 오돔에게 넘어간다는 식의…

제 집에 불 질러 가면서?

당신 자의식 과잉 아닌가? 엘가는 우리 말고도 살길 많잖아.

살길이야 많지만 너라면 누굴 택하겠어?

8우주 공작들이 소유한 유통 라인 중에 우리가 최고야.

도심지 몇 개 불태우는 거보다 우리 유통망을 이용하는 게

몇만 배는 더 이익이니까 어떻게 해서든 다시 얻고 싶은 거지.

두고 봐. 상황이 수습되기는커녕 앞으로 혼란이 가중될 거다.

차명계좌 사건 때문에 평의회의 징계를 받는 상황을 십분 활용하려는 거야.

고통받는 민중들은 평의회 게시판을 도배할 것이고

그건 평의회에게는 큰 부담이 돼.

징계 중인 엘가에 직접 개입은 법으로 금지돼 있으니 누굴 찾겠어?

우리가 선택되면 우주 구제법 때문에 엘가에 다시 유통망을 열어줘야 해.

그게 놈들의 얄팍한 의도야.

난 그렇게 읽혀.

팅

하즈 님, 면담 요청이 있습니다.

다른 매니저한테 응대하라고 해. 바쁜 거 안 보여?

하즈 님의 사적인 용무를 수행 중인 사람이랍니다.

……

……

제기랄…!

테이가
그 꼴을 당하는 동안
난 뭘 한 거야…

뭘까…?

!

뭐였을까…?

테이라는
그 사람…

무엇이 그 사람을
그렇게 피투성이가 되도록
싸우게 만들었을까?

……

난 고작…

내 일만 가지고도
힘들다고
징징대는데…

그 사람은…
자신만을 위한 일도
아니면서….

……

나는…
귀족들 머리 위에
서겠다고 했지만

결국은 더 힘 있는
귀족에게 날 팔려는
것일 뿐…

그들이 짜놓은
틀 안에 내 자신을
최대한 구겨
넣어서

겨우…
그들 입맛에 맞는
상품이 되려고 발버둥
치고 있는 거야.

……

그게 무슨
소리야?

펜타곤에
일을 맡겨달라니?
난 이미…

딜러가
다른 팀에게 이 건을
넘겼습니다.

저희 멤버 중
한 사람이 타깃과
연관이 있는데

그 때문에 일을
그르칠까 하여…

그건…
딜러의 판단이
맞는 거잖아.

아닙니다.
언뜻 타당한 것
같지만

저희 입장을
전혀 배려하지 않은
결정입니다.

딜러가
자기 입지에 취해
그야말로 갑질을
한 거죠.

타깃이 우리 멤버와
혈육이라는 점은 정말
끔찍한 비극입니다만

그 동료를 위해서라도
반드시 저희가 이 일을
맡아야만 합니다.

혈육…?

멤버 중 누가
타깃과 무슨 관계인데?

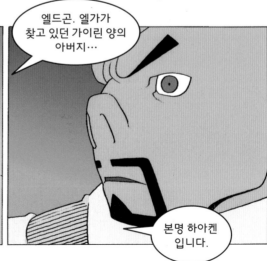

엘드곤. 엘가가
찾고 있던 가이린 양의
아버지…

본명 하아켄
입니다.

이… 이런! 어쩌지…

그랬군. 왜 그동안 그를 잡지 못했는지…

놈이 사보이로 지낼 거라는 생각을 왜 여태 못 했지?

큥 잡는 큥… 드물죠. 당연한 겁니다.

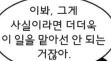

이봐, 그게 사실이라면 더더욱 이 일을 맡아선 안 되는 거잖아.

돕지는 못할망정 동료의 딸자식을 자네들 손으로 치우겠다고?

의뢰가 수락돼 사보이들 게시판에 타깃으로 등록이 되면

시간차는 있겠지만 어쨌든 반드시 처리됩니다.

타깃이 젊고 아름다울 경우

죽을 때까지 심한 모멸을 당하게 되죠.

동료를 위해 깔끔한 마무리를…

엘드곤… 아니 하아켄도 우리에게 부탁할 겁니다.

……

하아켄은 지금 어딨나?

이번 일로 딜러에게 따지러 갔다가 붙잡혔어요.

딜러는 하즈 님께 가장 비싸게 팔 수 있을 시기를 재고 있습니다.

……

텅

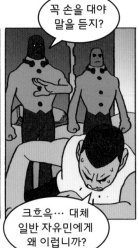

꼭 손을 대야 말을 듣지?

크흐윽… 대체 일반 자유민에게 왜 이럽니까?

이 동네 매너 정말 바닥이야.

목숨 걸고 너희를 도우러 왔는데 숙식은 우리 손으로 해결하라고?

그럼 너희가 우릴 동냥 거지 취급하면 안 되지!

크흐윽… 그럼 대체 뭘 얼마나 더 드립니까?

어이, 양민들 데리고 이 무슨 짓이야?

나 이런 전개 마음에 안 들어. 폭파!

터엉

맙소사… 오늘 벌써 몇 번째야?

테러 끝난 거 맞아? 상황이 점점 더 심각해지는 것 같은데…?

이게 다 늑대굴 그 개자식들 때문이야.

찰칵

붉은늑대들에게 보호받을 때가 가장 안전했어.

여기 현장 이미지…

평의회 게시판 말고는 해결책이 없나? 거기서 우라노 대표라는 놈은 대체 지금 뭘 하고 있는 거야?

......

치료는
잘 끝났습니다.

며칠이면
본래 모습으로
돌아올 테니 너무
상심 마세요.

친구분들과의
면회는 요청하신 대로
미루겠습니다.

도움이 필요하면
언제든 불러주세요.
그럼…

......

......

......

......

평등…?

세상 축복을
한 몸에 받은 네가 할
소리는 아니지
않아?

그래… 그런
생각 할 나이이긴 하지만
동시에 철들어야 할
때이기도 해.

속물들이 만들어낸
환상에 빠져서 주변을
불편하게 할 셈이야?

하나를 주면
두 개 없다고 불평하는
것들을 위해 가족과
의절하겠다고?

그것들한테
얼마나 호되게 당해야
정신 차릴래?
쯧쯧쯔…

늑대굴?
그게 누굴 위한
건데?

너희 때문에
모든 걸 잃었어!

무슨 해결?
당신들이 뭘 할 수
있는데?

너희 때문에 죽은
우리 가족 어쩔 거야?

정의? 평등?
웃기지 마! 남의 고통에
관심이나 있어?

제 입지를 위해
갈등만 조장하는 가장
역겨운 쓰레기야!

……

……

틱

저주의 내용은
다음과 같다.

당신은
죽어도 죽지
못하고

살아도
살지 못한다.

태모님의 구원은
너에게 없다. 영원히
구천을 떠돌게
되리라.

그 영겁의
시간 동안 우릴 위해
속죄하라. 이 간악한
마귀여, 뭇시엘!

85

……

소울 메이팅 작업에
몇 명이 필요하다고
했지?

세 사람입니다.

두 사람의
공명 현상이 붕괴되지
않도록 받쳐줄 한 사람이
더 필요합니다.

구했나?

지원자를 찾을
예정입니다. 신도나
사제들 중에서…

그럼 여기
이 신도는 어때?

이 죄의식을 이용한다면
꽤 견고한 메이팅 샘플을
만들 수 있을 것 같은데…

덴마 프로젝트…
이제 시작하지.

……

그러게…
난 어떤 사람이지?

별로…
생각해본 적이
없는 것 같아.

그래 보여.
목표를 향하는 사람들
눈동자가 지닌 선명함
같은 건 없달까?

아, 예.
댁은 선명해서
좋으시겠어요.

슈
슈

!

테이 자매 치료는
무사히 잘 끝났습니다.
자매의 요청으로

면회는 당분간
어렵습니다. 이제 저희를
좀 도와주십쇼.

아, 그러니까
구체적으로 뭘 도와
달라는 겁니까?

기밀이라
말씀드릴 수가
없습니다.

우리가 다치지
않는다는 보장
있어요?

태모님의 이름을
걸고… 여러분에겐
어떤 물리적 피해도
없습니다.

두 분에겐
별것 아니지만
저희에겐 의미 있는
샘플을 만드는
일입니다.

일주일 뒤
절차가 끝나면
두 분 모두 무사히
귀가하시게 돼요.

끄응…

샘플…?

예?

번거로우면 하아켄은 우리가 데려가겠네.

아, 아닙니다. 저희가…

당연히 저희가 직접 엘가로 데려가는 게 상식적인 절차이지요.

자네가 만족할 만한 수준에서 계산하도록 하지.

아, 감사합니다. 지금 도심지 소동으로 정신 없으실 텐데…

그리고 가이린 양… 그 친구는 타깃에서 빼주게나.

하아켄을 설득할 때 필요할 수도 있으니…

아, 예. 그럼…

가이린 양은 생포하고 붉은늑대원은 원래대로 치우면 되는 거지요?

응, 조용히 깨끗하게 부탁하네. 그럼…

치이잇…! 하즈 님 앞에서 이렇게 당황하는 꼴을 보이다니…

행크 이 쥐새끼가 날 이렇게 엿먹여?

여어, 형님! 먼저 연락을 다 주시고… 말씀은 잘 나누셨나요?

그래, 네 덕분에 요점을 명확히 했어.

의뢰인의 요구가
바뀌었다.

여자는 생포해
데려오고 남자만
치우도록.

그럼…
저희가 받게 될
대가는…

다… 당연히
2배 이상 오르지.

오케이!
아, 그리고 알림
사항이 있어요.

이번에 하즈 님과
면담을 통해 얻은
일인데…

앞으로
엘가 일은 형님한테
수수료 떼이는 일
없이

저희가 직접
나서기로 했어요.

역시 엘가의
수장답달까…?

사람 보는 눈은
있는 것 같더라고요.

물론 그렇다고 해서
형님과 연이 끝나는 건
절대 아니라는 거.

주시는 일은
이전과 같은 조건으로
할게요.

그… 그래, 고맙다.
이번 일… 잘 처리하길
빌게.

아, 여부가 있겠습니까?
그럼 자주 통화하시죠.
그럼 이만.

틱

나를 이렇게
엿먹이는 놈은 네가
처음이야.

그래, 네놈들…
너희도 제대로 엿먹여
줄게.

큭큭큭…

열받아 뒈지기 직전이네.

그러길래 누가 밥그릇 가지고…

별것도 아닌 게 갑질하고 있어.

그나저나 우리 다이크…

황천길 외롭게 됐네.

여전히…

푸 푸
UNCONNECTED

통화는 안 되고…

네가 남몰래 숨을 곳이라면 역시…

엉클이겠지?

기기가 작동되면 옛 기억들이 형제를 스쳐지날 겁니다.

마치 현실처럼 선명하게요.

실험이 끝나면 미치거나 어딘가 뇌 기능에 맛이 가는 건…?

ㅎㅎㅎ… 이건 실험이 아니라 테스트가 완전히 끝난 안전한 동작입니다.

불편하시면 기계는 언제든 바로 멈추면 돼요.

자, 마음 편히 심호흡 한 번 하시고…

엘가의 영지들이 파괴되고 있는데도

끝까지 너따위는 알 필요 없다는 태도야.

그동안 내가 엘가를 위해 어떻게 일해왔는데 이런 식으로…

우리 붉은늑대들은 뭐냐고? 들러리야?

우리 자리를 전부 외부놈들에게 넘겨버리고

우릴 한낱 잡놈 취급하고 있잖아.

대우받는 만큼 행동할 거야.

잡놈들이나 할 짓에 매달리면 돼.

가이린 아가씨랑 다이크 그 자식… 아직 못 찾았지?

예, 수색 나간 친구들 행방도 아직 확인 못 했습니다.

기본 경비들만 여기 남고

나머지 전원 그 둘을 찾는 데 집중해.

기본 경비만 남아 있어도 괜찮을까요?

뭐 어때? 어차피 엘가 영지는 하즈 님 친구들이 지키잖아.

우리 같은 잡놈들은 잡일에만 신경 쓰자고!

다이크 놈 빨리 잡아와! 화풀이나 해야겠어!

일주일 뒤

후루룩 후루룩

이제 어쩔 거야? 방법은 있어?

엘가에 쫓기는 것도 모자라 이제 사보이들까지…

그딴 숨 막히는 소리 말고 김치나 더 내와.

옛썰!

슈슈

테이는 언제…?

온전히 회복되기 전까지는 누구도 만나지 않겠대요.

그럼 회복되는 대로 저한테 연락을 좀…

그렇게 전하겠습니다. 그럼 이만…

슈슈

두모, 쟤… 자네 조카…?

응?

밥은 먹었냐?

하아아… 좋다!

너 그게 무슨 말이야? 태모신교 종단에서

일주일간 실험체 역할을 하고 왔다고?

여친이 거기 신도라 잠시 도와준 거야.

나쁘진 않았어. 일주일간 인생을 한 번 더 살아본 것 같은 기분이라 좀 피곤하지만.

덕분에 잊어선 안 될 일들을 다시 떠올릴 수 있게 됐어.

예를 들어 삼촌이 내게 얼마나 고마운 사람인지…

아버지랑 다른 길을 선택했던 그 아저씨가

내게 어떻게 보였었는지…

그래서 내가 어떻게 살고 싶었는지…

오, 이런! 컬트 집단이 우리 조카를 사람 만들어놨네.

……

며칠간 잠복의 대가로는… 이건 뭐 종합선물 세트가 따로 없네.

빌어먹을! 이게 무슨 개고생이야?

94

랜돌프 저 멍청이가 엘드곤을 탈출시키는 바람에

엘가까지 들어가 하즈를 면담한 내 노력이 헛수고가 돼버렸어.

당장 저 둘을 똥머리에게 데려가지 않으면…

애먼 우리까지 죽게 생겼지 뭐야.

근데 우리 셋이서 저 친구들을 어떻게 감당하지?

랜돌프 하나만으로도 답이 안 나오는데…

거기다 우리만 있는 게 아니야.

뭐?

드디어 다이크 놈이 등장했군.

여기로 오자고 한 내 판단이 옳았어.

게다가 하아켄까지…

붉은늑대들… 주변을 포위했다. 대략 30여 명…

30여 명…?

근데… 다이크 이 자식은 하아켄과는 무슨 관계야? 그럼 그동안 우릴 속여 왔던 거네.

좋아. 사연이야 어찌 됐든 이제 독 안에 든 쥐들을 잡을 시간!

끄덕

응?

아, 그래!
우리 가이린 양은?
어떻게 된 거야?

그곳 교구에
얼마 더 머물다가
거처를 정하겠다고
했어.

그럼 현재…
안전한 거지?

당장은
우라노에 있는 것보다
훨씬 안전하지.

벌떡

그 친구는 어디에
있더라도 잘 지낼걸.
워낙 야무진
사람이라.

삼촌은 나만
걱정하면 돼.

어쩌게?

붉은늑대라면
차라리 잘됐어.

목적이 같을 테니
놈들의 힘을 빌릴 수
있잖아.

무엇보다 엘가의
사람들…

뭐야, 저것들은?
우리한테 오고 있는
거지?

슈슉

이봐,
너희 뭐야?

우린
사보이들이다.

뭐? 다이크와
하아켄을 쫓고
있다고?

뭐… 지금이야 후덕한 아저씨지만

젊은 시절의 너희 삼촌은 무시무시했어.

한 번에 100명의 머리를 날린 적도 있다니까.

거 쓸데없는 소린…

고속 연사 치환!

팅

!

모두 다 정당방위였어. 내가 먼저 싸움을 건 적은…

우리 아무래도 길을 잃은 것 같다.

뭐야, 다짜고짜… 너희 어딘데?

엉클이라는 양반 집을 찾고 있는데…

미로에라도 빠졌나 봐. 지금 몇십 분째…

엉클을 어떻게 알고…?

아, 사보이 생활이 몇 년인데 아무렴 그 정도 추적도 못 할까?

엘가의 총책임자 하즈를 만나고 왔어.

대장에게 전할 새로운 메시지도 있고… 거기서 얘기 좀 해.

주변에 눈에 띄는 지표가 있는지 물어보게.

아, 여기 고인돌처럼 생긴 바위 3개가 나란히…

아, 거기라면…

야, 랜돌프. 네가 좀 나와. 말로는 모르겠다고.

해칠 의도 없으니까 얌전히 굴어.

크윽!

내가 몸을 단순히 늘린다고 생각하면 큰 착각이야.

@$···%&···#···!

어쭈? 힘 좀 쓰네. 뭐라고 웅얼대는 거야?

내··· 등 뒤에··· 서지 마.

크흐흐··· 그럼 어쩔 건데? 이건 내 몸의 공간 왜곡이야. 절대 못 나가.

공간 왜곡?

콱

커허윽···

그런 거··· 나한텐 안 통해.

네가 공간을 왜곡하는 속도보다 내가 공간을 찢는 게 더 빠를 테니까.

짜아아악

뭐··· 뭐야, 저거? 저렇게 당할 기술이 아닌데···

빌어먹을! 내가 뭐랬어?

이것들 봐라···

역시 엘드곤 대장을 엿 먹인 건···

99

아무리 돈이 좋아도 할 짓이 따로 있지…

이런 쓰레기들, 분리 수거 해주마!

누구 맘대로? 이 현실 감각 없는 무지렁이야!

그래, 와봐! 한번 붙어보자!

결계!

츠이잉

텅

이딴 거 소용없다니까!

지지직

배… 배리어가 찢긴다!

마취탄! 마취탄 집어넣어!

슝 슝

퍽

퍽

콜록

콜록

툭

염병, 이건 뭐…
자이언트 고그 사냥도
아니고…

애 볼 사람들
끝까지 긴장을
놓지 마!

우린 서둘러…

여어, 대장!

그래, 다시
보는군.

응? 랜돌프는?

어? 아직
안 왔어요? 이런,
길이 엇갈렸나?

무사해서
다행입니다.

고마워.
랜돌프가 애썼지.

삼촌, 쟤…

역시
그렇지?

제트…?
너 제트 맞지?

언제부터
사보이 생활이야?

뭐야,
이 영감탱이…

날 어떻게
바로 알아보는
거지?

101

제트?

예? 누구요?
혹시 지금 절 보고
하는 소립니까?

제트 맞는데…
마스크 때문에
목소리는 몰라도
모양새는…

아, 오며 가며
누굴 닮았네 하는 소린
듣습니다만…

전 사보이
행크라고 해요.
엉클이시죠?
반갑습니다.

아…
아닌가…?

……

얘 아무래도
눈만 감고 있는 것 같아.
마취탄 몇 개 더…

치사량 넘으면
어쩌려고?

우리가 당하는
것보다는…

그럼…

제가 하즈라는 양반한데
알아듣게 설명했어요.

사보이들 타깃에서
여자는 빼기로
결정했대요. 대장은
앞으로 어쩔 거요?

뭐야, 이 자식…!

대화가
이렇게 길어지면
어떡해?

그 후에
우라노에서…

염병할!
시간이 지날수록
랜돌프 때문에 우리가
의심받게 될 텐데…

다이크랑 엉클이
계속 날 주시하고 있으니

주머니에서 마취 가스탄을
꺼내질 못하겠어.

아니. 분명히
제트야. 제트,
너 제트 맞지?

이렇게 되면
붉은늑대들이 먼저
치고 들어와.

그럼 닭 쫓던
개 꼴 나는 거야.
우리 손으로 잡지
못하면…

제트야.

아, 왜?

딱!

염병! 지금
뭐 하자는 거야?

더 이상은 안 돼.
바로 개입한다.

공격조
바로 들어가!

아, 진짜!
나 제트
아니라고!

거짓말할 때
상대 눈 응시하는
것까지 똑같아.

아무래도 이상해.
두모, 드론 좀 띄워봐.

이미 띄워놨어.

무장한 쿵들이야.
움직임을 보니…
우릴 노리네.

빠르게 들어온다.
공격조인가 봐.

이래서 후식으로
멜론은 늘 옳다니까.

슈
슈

슈
슈
슈

둘… 셋…

슈슈
슈슈

슈슈

여섯… 일곱…

슈
슈
슈
슈

이… 이런
제기랄…!

타
다
다
닥

터

엉

비켜! 이 똘마니들!

퍽

퍽

너 보고만 있을 거야?

냉장고에 멜론 몇 덩이 더 있다. 가져다 써.

아, 나 이제 기체 치환도 돼.

생사의 고비라도 넘겼어? 넌 이쪽 애들 맡아.

좋아. 실력을 보여주지.

……

끄으응…

……

멜론 가져와. 실력 는 건 나중에 볼게.

어? 이상하다. 분명히 됐었는데…

우웃…!

터

괜찮아요?

뭐야, 갑자기 몸이 왜 이렇게 무겁지?

그야 중력이 더해지니까.

치익

이제 마취 가스탄 갑시다.

퍽

뭐야, 이거?

터졌다! 됐어! 전부 치고 들어가!

드디어
가동이군.

이거 가슴이
벅차오르는걸.

종단은 오늘을
영원히 기억하게
될 겁니다.

그래, 상상 속
역사를 실현하게
됐으니까.

테스트 기간이
얼마나 더 걸린다고
했지?

두어 달
예상했습니다만
주교님 생신까지는
모두 마치도록
하겠습니다.

그래, 내겐 정말
의미 있는 생일 선물이
될 것 같아.

시간에 맞춰
교구의 어른들을
모시고 축하 이벤트를
열자고.

어서…

어서
보고 싶군.

걷고 웃으며

사람들과 얘기하는

우리가 만든
신의 모습을.

이벤트?

교구의 장로들을 데리고?

표도르…

이 떠벌이가 잔머리 굴리네.

덴마 프로젝트를 공개해 주변의 견제를 막고 관리자들에게 공증을 받겠다?

자신감이 넘치는 건가? 아니면

프로젝트에 대한 불안감을 감추려는 거냐?

종단 적폐들이 표도르를 전면에 세워 생존권 연장을 위해 뭐든 할 테지.

0.0001%의 가능성…

만일 종단의 기대에 부응하는 신이 만들어진다면

우리가 준비 중인 베샤카의 아침은 영영 오지 않아.

이러면 개입하지 않을 수 없다.

덴마 프로젝트 가동 영상을 종단 꼴통 근본주의자들에게 흘려.

조슈아 님의 부활이 임박했다는 소식과 함께.

지하 마켓의 규제도 동시에 풀어놔. 그들에게 폭탄 구입 의사가 생길지도 모르니.

무엇보다 먼저 표도르 주교에게 축하 메시지를 보내.

종단에 무한한 영광 있으라는 메시지를 덧붙여서.

대체 어떻게
된 겁니까?

지금 정확한 이유를
찾는 중입니다.

말이 됩니까?
회복 중인 환자 꼬셔서
이상한 실험에나
동원하고…

가이린 님과 같은
테스트였어요.

어떤 물리적인
위험도 없는
과정이었다고요.

아, 그럼 왜
안 깨어나냐고? 지금
이유를 찾을 게 아니라
그냥 빨리 깨워요!

당장 의식이
돌아오지 않는다고
위험한 건 아니니까
진정하세요.

자기 일 아니라고
참 여유롭네.

여유가 아니라
사실을 말하고 있어요.
개인마다 편차가
있을 수…

개인 편차? 그건
실수를 인정 안 할 때
쓰는 표현이잖아!

테이 씨가
일어나면 이런저런
이야기 나누고
싶었는데…

설마
큰 문제가 생긴 건
아니겠지? 나도 이렇게
멀쩡한데…

내가 지금 남 걱정할 때인가…?

앞으로 어디서 지내며 어떻게 살아야…?

저, 실례지만 어느 교구 소속 무녀신가요?

네? 아, 전 종단 사람 아닌데요. 외부인입니다.

그럼 혹시 무녀가 돼보실 의향은…?

뭐야, 다짜고짜…

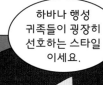

하바나 행성 귀족들이 굉장히 선호하는 스타일 이세요.

귀족 패트론들과 바로 매칭이 가능 하겠네요.

아, 말로만 듣던 종단 뚜쟁이…

아앗! 지금 그거 속말 하시는 듯.

오호호… 솔직한 매력까지 있으시네.

여기 무녀님들은 사유재산 가질 수 없죠?

아, 대신에 종단 차원에서 평생 관리, 보호해드립니다.

관리, 보호? 맙소사… 종단이 무녀님들을 어떻게 취급하는지 바로 알겠네요.

관심 없습니다. 전 돈과 권력에 눈이 먼 탐욕의 화신이라… 그럼, 뭇시엘.

그러지 마시고 좀 더 설명을 듣…

아, 염병! 기분 정말 더럽네.

이런 데까지 와서 상품 취급을….

잠시 잊고 지낸 깊은 빡침이 다시 기어올라 온다.

그래, 내 삶의 전략이 테이 씨처럼 숭고할 필요는 없어. 눈에는 눈, 이에는 이야.

내게 돈지랄하는 귀족 놈을 하나 잡아…

……

하아아… 이 모멸감에 자괴감…ㅆㅂ!

당장 갈 곳도 없는 주제에…

우선은… 다이크한테 테이 씨 소식부터 전하자.

틱

많이 놀랄 텐데… 그래도 사실을 알아야…

야, 다이크! 이제 그만 일어나!

야, 정신 차려!

연로하신 네 삼촌은 벌써 하루 일과를 시작하셨는데 넌 언제까지 잘 거야?

이제 정신 좀 드냐? 여기 어딘지 알지?

사… 삼촌!

뭐야, 너희 지금 뭐 하는 거야?

천컹

제기랄…!

앞에 비켜봐!

띠리리

삼촌한테…
무슨 짓을 한 거야?
좀 보자고!

웬 전화?
통신 라인 전부 끊어
놓지 않았어? 당장
끊어버려!

도망다니면서
외부 라인을 연결한
모양입니다.

응? 가이린…?

!

전화에 가이린이란
이름으로 뜨는데요.

그래? 그거
잘됐네. 내 폰으로
연결할게.

훽

응?

!

팔! 삼촌 팔…!
너희 이 개자식들…
미쳤어?

나 통화 좀 하게
기절시켜놔.

떡

가이린 양?

!

아, 다이크 전화… 아닌가요?

맞습니다. 잠시 사정이 있어 대신…

지금 어디세요? 백작님이 애타게 찾고 계세요.

네? 백작님이 저를…?

아가씨가 마음에 드신 것 같습니다.

곁에 있길 바라세요.

저희가 모시러 가겠습니다.

마음에 들긴 개뿔! 아버지 잡는 데 미끼로 쓸 거면서!

글쎄요. 제 행선지는 좀 더 생각해 볼게요.

그러시죠. 제 개인 번호를 남기겠습니다.

아, 다이크에게 꼭 좀 전해주세요.

테이 씨가 아직 의식불명 상태라고…

부탁 드립니다. 그럼…

답변 꼭 주십쇼.

틱

……

……

…응? 이제 어쩔 거냐고?

근데 이 자식이… 너 억양 똑바로 안 해?

지금 이 엿같은 상황이 모두 내 책임인 것처럼 들리잖아!

그러면 누구 책임인데? 대장 잡자고 한 건 당신이었잖아.

동의한 건 너야. 내가 언제 강제했어?

붉은늑대 그 멍청이들이 랜돌프를 놓치는 바람에 이렇게 된 거잖아.

나한테 책임을 물어? 이제 와서 그런 개소릴… 죽을래?

아, 랜돌프가 적이 되니까 숨이 턱까지 막힌다고!

뭐? 그깟 놈이 뭐라고? 그런 놈은 나 혼자서도…

펵이나!

근데 이게…

이렇게 하자.

어찌 됐든 대장과 랜돌프 두 사람… 우리한텐 버거워.

하즈를 다시 만나 그 둘을 사보이들의 공동 타깃으로 만들자.

어차피 대장은 이미 엘가의 타깃, 랜돌프만 더하면 되니까…

좋은 생각! 그럼 우리 부담이 확 줄어드네.

끄으응… 하아켄을 놓치는 바람에 엄청 무능한 놈처럼 보일 텐데…

하지만 꽤나 현실적인 방법이다.

우라노 사보이들의 공공의 적으로 만들면 그만큼 우린 안전해져.

역시… 쪽팔리지만 하즈를 다시 만나…

뭐야, 너도 나랑 같은 생각이었네.

…가 아니라 '네 아이디어 마음에 드는데'겠지?

아, 담배 입똥 냄새… 넌 좀 닥쳐!

아, 네에에에에에…

엉클…!

삼촌, 괜찮아? 말 좀 해봐!

지금 삼촌 걱정할 때가 아닐 텐데…

좋아, 언제까지 남 걱정하는지 보자.

문제를 낼 거야. 먼저 답을 맞히면 상대방만 50대를 맞고

둘 다 동시에 맞히면 같이 10대씩, 둘 다 틀리거나 대답이 없으면 100대씩!

뭐야, 지금 사람 목숨 가지고 장난해?

내 말 끊지 마! 이 게임은 둘 중 하나가 맞아 죽을 때까지 계속된다!

이번 작전에서 죽은 멤버들… 그들의 남은 가족까지 염두에 두면 너흰 50여 명을 해친 거야.

그러니 이 정도 처벌은 마땅해!

자, 문제 나간다.

T와이스 멤버 중 가장 예쁜 사람은?

115

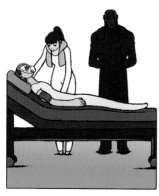

테이 씨,
어서 눈을 뜨세요.

꾸욱

인연이 있다면
꼭 다시 만나

이것저것 이야기
나누어요.

우리… 정말 좋은
친구가 될 수 있을지도
몰라요.

뭇시엘.

……

쪽

부디…
어서 회복되길
바랍니다.

안녕…

슈슈슉

감사합니다.

슈슉

도움이
필요하면 언제든…
뭇시엘.

Mina.

퍼버버버버버

퍼버버버버

117

뭐야, 취향이 놀라울 정도로 나랑 일치해.

이런 인연만 아니었다면 우린 좋은 친구가 됐을지도…

다음 생에서는…

띠리리

CALL

!

아, 가이린 양. 도착하셨습니까? 어딥니까? 모시러 갈게요.

여긴…

아, 예… 네, 제가 직접 갑니다.

허어으윽…

푸흐으윽…

허억

허억

허억

이 영감탱이…

종일… 걸그룹 검색하고 자빠져 있었네.

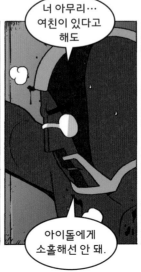

너 아무리… 여친이 있다고 해도

아이돌에게 소홀해선 안 돼.

그리고 인마…

그 정도 처맞았으면 이제 답을 얘기할 때도 됐잖아.

테이…

테이야…

응?

고마워. 사랑해!

나도!

테이…

자, 질문 시작한다.

T와이스 멤버 중 제일 예쁜 사람이 누구라고?

……

……

대답해, 다이크.

네 여친 생각도 좀 하라고.

……

멍청아, 의식불명이라잖아.

누군가 옆에서 기도는 해야 할 것 아냐.

둘 다 답이 없거나 틀리면 100대씩인 거 알지?

셋 셀 동안 답 없으면 바로 들어간다.

하나!

Tzuyu.

틀렸어, 멍청아!

Sana?

퍼버버버벅

퍼버버벅

퍼버버벅

커허어윽…

후… 후회돼…

그러길래, 등신아! 그렇게 아무나 사귀니까 이 꼴이 난 거잖아!

아니… 그건 후회 없어. 테이는…

정말 좋은 사람. 내 인성이 쓰레기라… 내가 후회하는 건…

엉클이 내게 훈련시킬 때…

왜 집중하지 않았을까 하는 거야.

그랬다면 기체 치환까지는 몰라도… 액체 정도는…

지금쯤 충분히 해낼 텐데…

온몸이 땀인데…

손바닥에 흐르는 이 땀방울들을 전혀 이용할 수 없다는 게… 분통 터져.

치환 기술을 쓰려면 고체 영역이 반드시 필요한 수준…

……

121

뺑코야, 이 마당에 너한테 궁금한 게 있는데 말이야.

하지 마. 충고다. 뻔해. 매만 벌게 돼.

매라니? 뭐가 어째서…?

네 성적 취향이 남한테 피해를 주는 것도 아닌데…?

다물어!

퍽

퍽

퍽

주둥이!

주둥이!

내가 뭐랬어? 매를 벌 거랬잖아!

퍽

퍽

퍽

그렇게 깐죽대면 강냉이만 털린다고!

푸흐어윽…

멍청아!

그래도…

오물

오물

추두둑

콱

고속 연사 치환은 가능해.

122

......

아니. 지금으로선 자넬 직접 만날 여유는 없네.

전화로 할 수 없는 얘기라면 듣지 않는 게 낫겠어.

염병할! 바로 까여버리네. 하긴 나 같은 놈들이 어디 한둘이겠어?

그런다고 물러날 순 없지.

현재 하아켄 곁엔 랜돌프라는 무지막지한 쿵이 있습니다.

이번에 붉은늑대들과의 공조가 실패한 것도 그놈 때문이죠.

그놈도 사보이들의 공동 타깃으로 만들어야 합니다.

현장에서 바로 치우는 조건으로요.

그래야 하아켄을 붙잡은 뒤에도 별 탈 없이…

알겠네. 당장 그렇게 하지. 그럼 이만.

틱

......

뭐야, 대놓고 사람을 귀찮아하네.

뭘 기대해? 랜돌프도 타깃 명단에 올리겠다잖아. 그거면 충분해.

야, 넌 자존심도 없냐? 우리가 이런 취급…

돈 된다고 팀원을 배신하는 놈들로 보는 거야.

아, 진짜… 우리가 대장과 따님을 걱정하는 그 진정성… 하늘은 알 것이다!

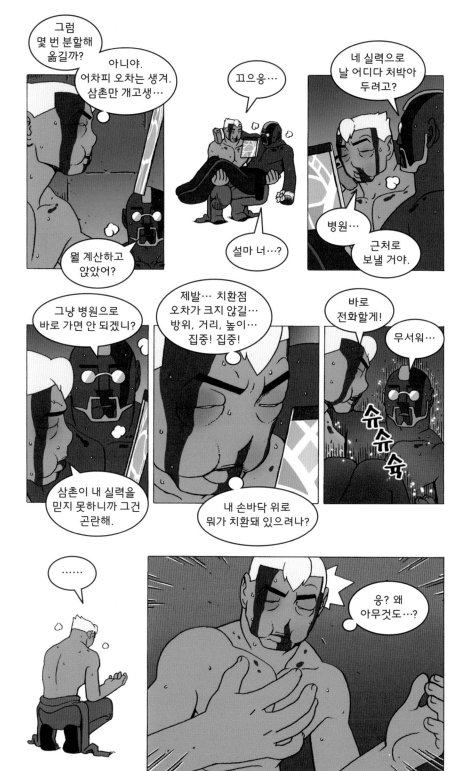

삼촌, 전화받아!
제발…

기껏
추락사시키려고
이 짓거리 한 거
아니란 말야!

어서 전화받아,
이 영감탱이야!

걱정돼
미치겠다고!

비켜!

아, 비키라니까!

꺄아…

뭐야, 저건?

슈슈

!

퍽

사람을
쳤으면 사과해야지.
여기는 질서가 유지되는
안전지대 안이라고.

순간이동…
당신 방금 그거
순간이동이었지?

얼굴 왜 그래?
자해 공갈이냐?

제발 좀 도와줘요!
사람이 죽어가고 있어!
급히 이동을…

누가?
어디에 있는데?

……

여긴… 보호 구역
밖이야. 외지에서 온
온갖 잡쿵들이 약탈과
살육을 벌이고
있지.

그야말로 무법지대야.
병원이라고?

보호 구역 밖
시설들 대부분은
부서졌고 지금도
파괴되고 있어.

무엇보다 의료진
대부분을 여기로
피신시킨 터라…

……

구해야 할 사람이
지금 그 병원 근처에
있어요!

제발 날 좀
거기로 데려다
주세요!

그건
내가 위험해져서
안 돼.

무슨 사연인지
모르겠지만 정 급하다면
구역 경계까지 데려다
줄 순 있어.

슈슈슉

나머지는
본인이 알아서…

텅 텅 텅

맙소사…
대체 언제 이렇게까지
돼버린 거야?

날 마음에 들어 한다고? 곁에 있길 바란다니…

도대체 그게 무슨 의미지?

마음만 먹으면 나만큼 아름다운 사람은 얼마든지 얻을 수 있는… 귀족이잖아.

뭐가 아쉬워서 날 찾았다는 거야?

나한테 이런 사람 네가 처음… 같은 종류일까? 아니면…

역시 자기를 후려갈긴 대가를 치르게 하려는…?

아니, 고민할 가치도 없지. 뻔해. 날 노리개 취급 하면서

그저 아버지를 잡는 미끼로 단단히 붙잡아두려는…

이 상황을 어떻게 이용하지?

!

스잉

어르신, 직접 오실 줄은…

수고 많았네.

가이린 양, 우리 다시 만나네요.

안녕하세요, 백작님.

무섭다.

무사해서 다행입니다.

이쪽으로…

……

그래, 무슨 일을 겪게 될지 모르겠지만

스잉

엿같은 상황이 되면 싸우다 죽자.

129

……

엘가를 돕겠다고 들어와선… 이런 개쓰레기들!

이 정도 상황이면 평의회가 개입해야 되는 거 아냐?

민간인들이 이렇게 당하는데…

텅

우왓…!

파하하하… 연료통은 내가 명중! 저녁은 네가 사는 걸로…

응?

뭐야, 저건?

지금 우릴 보는 거 맞지?

얼굴은 왜 저래?

우와, 무섭다. 손에 든 것 좀 봐.

ㅎㅎㅎ돌멩이잖아. 꼴을 보니 제때 도망 못 간 민간인이로군.

잘 됐네. 가지고 놀 장난감이 필요했는데.

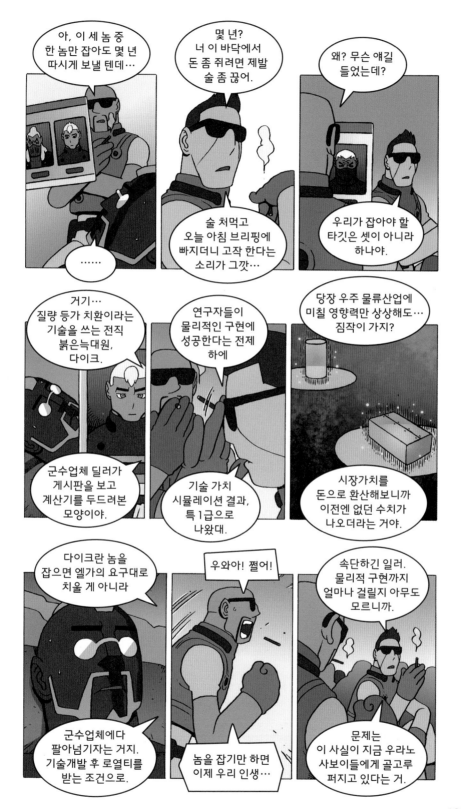

그 경쟁에서 우리 실력으로 놈을 차지할 확률…

무엇보다 이미 엘가에 잡혀 있다는 소문이야. 놈이 아직 살아 있다 해도

오돔 공작의 하이퍼 쿵 놈들 때문에 엄두도 못 내. 별다른 기회가 엿보이지 않으니

이렇게 길바닥에 널린 장기라도 주우러 다니는 거잖아.

제기랄! 그딴 소리 듣고도 이딴 짓 떡이나 하고 싶겠다!

탁

……

내 조카가… 당신들이 찾으려는 다이크요.

지금 날 찾으러 여기로 오고 있소.

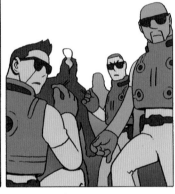

아, 이 아저씨야! 곧 분해될 거라고 그렇게 막 뱉으면 곤란해!

우릴 약올리면 더 험한 꼴 당한다! 아주 따끔하다!

제발…

삼촌, 전화받아!

띠리리

마침…

조카에게서 전화가 오네요.

제발…
영감탱이야!

전화 좀
받으라고!

팅

!

어디야?

하아아아…

뭐냐, 뀌고 나니
방귀가 아닌 것 같은
그 표정은?

응, 팬티 좀
갈아입고 갈게.

삼촌이야말로
지금 어디야?

A마트…

오른편 아래로
보여. 마트 정문을 등지면
11시 방향 정도… 되겠네.
일광욕 중이야.

A마트?

오케이!
그런 이정표라면
찾는 데 도움이
되겠어. 기다려.

근데 너 얼굴이
왜 그 모양이냐? 엄청
맞았나 보네.

응?

미친 개들한테
제대로 걸린 모양이군.
알겠다. 조심해서 와.
끊어.

……

인상이 전혀
다르잖아, 이 사기꾼!

붉은늑대들이
많이 때렸나 봐요.
분명 다이크…
맞습니다!

이거 어쩌지?

밑져야 본전이지. 거짓이라도 주워 갈 장기는 느니까 손해날 일 없잖아. 준비하자고!

영감, 우리한테 헛소리한 거라면

장기 떼어낼 때 정말 많이 아프게 할 거다.

뭐야, 추락한 충격에 단기기억 상실이라도…?

내 얼굴이 왜 이 모양이냐니? 그건 당신이 걸그룹…

삼촌의 팔! 인공혈액 팩… 같은 거였어. 그런 게 어디서 나서…?

아, 미친 개들… 이라면?

이런 제기랄!

사보이들이다!

하긴… 이 구역 안에 어떤 잡놈들이 있다 해도 이상할 건 없지.

까득

문 앞 보초들이 안 보이길래 들어와 봤더니…

당장 추적할까요?

할까요라니? 일하는 자세가 그따위니까 하즈 님께 외면당하는 거잖아!

당장 잡아와!

어, 왔군.

저 영감이야?

응.

바로 작업 시작할게.

아, 잠깐만. 지금 상황이…

후으으… 녀석, 내 말 뜻 제대로 알아들었겠지?

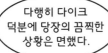

다행히 다이크 덕분에 당장의 끔찍한 상황은 면했다.

그나저나 다이크 이놈… 언제쯤 도착하려나?

그래서…

그래서 뭐? 그게 무슨 상관인데?

응?

너희가 원하는 건 그 콩인데 지금 이리 온다며? 그럼 너희는 그것만 신경 써. 안 그래?

뭐…

그렇긴…

하지.

복잡할 것 없어. 그냥 각자 자기 일 하면 되는 상황이잖아.

오늘 몇 구나 주웠는지만 똑바로 기억해.

어제처럼 계산 잘못해서 서로 얼굴 붉히지 말고.

자, 이 영감 장기 적출 시작해.

137

팀장이…
가이린 양을 데리고
직접 백작님께?

예, 하즈 님
많이 바쁘실
거라면서…

……

끄응…
팀장이 감정을
앞세워 쓸데없는
짓거리를…

백작님과
도련님 관계의 균열을
염려하고 있다는 걸
모르나?

가이린…

가이린…

그래, 우선은
좀 더 지켜보자.
백작님도 당장은 많이
적적하실 테니…

그래, 팀장에게
수고했다고 전해.

옛썰!

지금 이건
고민할 거리도
아니야.

진짜 문제는
고산가의 무반응…

전혀 예상
못 했어. 이건 내 수가
이미 읽혔다는
뜻이겠지?

이제
몇 블록만
더 가면…

퉁

이런…

얼굴에
상처 나면 안 돼.

헤헤헤…

적당하게
잘 잘렸네.

아, 또 있다.

오늘은 50개
채우겠는걸.

잠깐만.
그런 거라면
나도 두 개
있어. 줄게.

뭐? 너도…?

뭐야,
그건…

슈슈슉

털썩

마침 적당한
등장이야.

그렇지 않아도
삼촌한테 어떻게
접근할지 고민
됐는데…

……

A·Mart

……

허억

허억

다이크!

잠들면 안 돼,
다이크!

정신 차려,
이놈아!

……

종단 놈들이
내 머릿속을 헤집는
동안

가장 선명하게
재생된 기억 중
하나는…

땀범벅이 된
삼촌의 등짝.

그날…
날 둘러업고
한나절은 뛰었을
거야.

턱

염병!
아저씨 땀냄새 같은 건
왜 머릿속에 박혀서…

끄
응
차

크윽…
다시 메니까
배는 무겁네.

팅
팅

다시 움직인다.

모두들 벽에
최대한 밀착해서…

놈은 치환
능력자야.

개인의 위치가
고정돼 있다간
쥐도 새도 모르게
당해.

한정된 공간에서도
몸은 계속 움직여.

142

아, 이 친구…
맞는 것 같아.

얼굴이
많이 부어 있긴
했지만.

애원하길래 내가
보호 구역 경계까지
데려다줬어.

예?

예?… 라니?
이 친구야, 내가 당신들
사정을 어떻게 알아?

지금 그 친구가
경계 밖으로 나가버린 게
내 잘못이란 거야?

보호 구역 밖이라면…?

너무 위험해.
백작님 명령이라고 하고
저 친구들에게 맡기자.

탈 나지 않을까?

팀장은 우리가
실수하는 것보다는
확실한 일처리를
원할 거야.

응? 백작님께서?

예, 저희보다는
실력 있는 오돔 공작님
경비팀에게 맡기라고
하셨어요.

흐음…

잘됐네. 마침 몸이
근질근질했는데…

후딱 다녀옵시다.
혼자라면 몰라도 우리
셋이라면…

오케이! 놈을
바로 데려오지.

이름이
다이크랬지? 특기가 질량
등가 치환이라고?

149

그게 무슨 소리야?

우라노 사보이들이 들썩인다고?

다이크라는 놈 시장 평가 결과가 나왔어.

모두들 생포해서 군수업체에 팔기로 했대.

가치 평가가 얼마나 나왔는데?

그건 직접 알아보셔. 아무튼 네 제안을 우린 이렇게 받겠어.

하아켄과 랜돌프는 너희가 8, 우리가 2! 대신 나머지는 우리 거.

말도 안 돼.

잠깐만. 우리도 확인 좀 하고…

됐어. 그럼 너희랑 안 해. 다른 애들이랑 나눠 먹을 거야.

아, 쯤! 사전 정보도 없이 거래라니? 이렇게 밀어붙이는 법이…

그거야 사전조사도 없이 말 꺼낸 네 잘못.

애초에 넌 하아켄 잡아서 엘가와 연을 만들려는 계산 뿐이었잖아.

왜 이렇게 욕심이 많아? 하나는 우리한테 넘겨야지!

아, 놈에 대한 수익 분배만 조정 하자니까!

됐다니까! 싫음 관둬! 우리도 와해된 너희보단 결속력 있는 팀이 필요해.

염병할! 타이밍하고는… 하필이면 이럴 때 시장가치 평가라니…

그래, 예상 가치가 적중한 경우는 많지 않아. 순간이동 능력도 결국 실재 적용이 안 돼 똥값 됐잖아. 하물며 그런 잡기술 같은 게…

......

오,
꽤 정교한걸.

진짜 같다.

사람 머리 맞아.
크기만 줄인 거야.

악취미네.

그 수집가 시체를
업고 이동했어. 무슨
속셈이지?

방탄복 대용으로
쓰려나?

우리 같은
하이퍼들도 팀을
이뤄야 안심하는
분위기니…

우리가
발견할 때까지
살아 있을까?

서두르자.

슈슈슉

이런 제기랄!
순식간에 둘이나…

거리 유지해! 떨어져서 계속 움직여!

뭉쳐 있다간 같이 당해!

저격 드론들은? 다 썼냐?

우리 건 바닥나서 지원 받은 거 두 개…

슉

슉

염병…

ㅋㅋ0

ㅋㅋ0

ㅋㅋ0

ㅋㅋ0

ㅋㅋ0

그마저도 끝이네.

대체 놈이 우리 위치를 어떻게 파악하는 거지?

아마도 우리가 쏜 자국으로 어림짐작 하는 것 같아.

외벽 창문과 내벽 총탄 흔적의 위치를 비교하면 대강의 각도가…

어차피 건너편 건물이니 거리는… 젠장할! 이럴 줄 알았다면 처음부터 드론만 쓰는 건데…

여기 있다간 다른 친구들처럼 당할 거야.

차례대로 여기서 빠져나가자. 나부터 나갈게.

슉 슉 슉 슉

슉 슉 슉 슉 슉

어엇!

이미 한바탕 하고 지나간 것 같은데?

그게.

츠즈즈

근처에 있다. 사보이들에게 삼촌을 잃은 모양이야.

바짝 독이 올라 있어. 먼저 눈에 띄지 않도록 조심!

퍼버벅

크윗…!

대체 몇이나 더 남은 거야?

꽤 처리한 것 같은데…

치짓

팀… 연합 같은 건가?

그러려면 꽤 큰 빅 이슈가…

쩌억

！

차라락

파지직

털썩

아싸!

걸려들었다!

허벅지에…

퉁

잡았어!

짝

슈슈슈

슈슈슈슈

!

어… 어떻게…
마취탄을 맞고도…?

슉

끄으으윽…!

염병, 엄청
아프네!

슉

정신이
번쩍!

이 친구가
대신…

맞아
줬는데도
말야.

호기심에
하나 챙기길…
잘했네.

사… 살려줘.
양손이 이 모양인데
내가 뭘 할 수
있겠어?

너희 팀이
모두 몇 명인지
사실대로 얘기하면
생각해볼게.

……

여섯…

네가 여덟 번째야.
잘 가세요.

아, 잘생긴 애들
여섯에 덜 생긴 애들
열이란…

열여섯…?

공룡이라도
잡게? 그런 수의
팀은…

156

엘가의 타깃들을 노리고 팀을 짰다가

애먼 데서 푼돈 모으고 있었어. 근데 우리 제1타깃인 당신과 마주칠 줄이야.

엘가에 우릴 팔아넘긴 대가를

160등분하면 별로 남는 게 없을 텐데…?

아니. 다른 타깃들은 몰라도 당신의 경우 군수업체에다 넘기면…

군수업체?

아뿔싸! 사보이들의 게시판…

시장가치 평가…

엉클의 손이 날아간 것도…

결국은 조작된 그 빌어먹을 예상가 때문…

당신이 엘가에서 빠져나온 걸 알게 됐으니

이제 우라노 사보이들이 개떼처럼 몰려들 거야.

그 딜러 놈이다! 치환자들의 씨를 말리려고

이때다 싶어 이들에게 거짓 정보를 흘린 거야.

우리 일을 개떼들에게 뺏길 순 없지.

자, 시작해볼까?

······

엘가···
심부름 왔어?

심부름 아니고 부탁.
데리고 오래.

참고로
난 오돔 공작님의
하이퍼 퀭 경호팀.

퍼 버 벅

지금 내 몸은
홀로그램 같은
상태야.

어떤 공격도
소용없어.

그러면서
물리력은 행사할 수
있지.

퍽

끄아아아···

나한테 왜···?

퍼 버 벅

지금
나한테 총 쏘는
놈들이랑 같은
팀이니까.

그리고 너···
네 잔기술 나한테
쓰면

양팔을 잘라서
끌고 갈 거야.

당신들 저런 큥은 안 잡아가?

연구 대상으로서 하이퍼 큥은 물리적 접근이 너무 복잡해서 그야말로 똥값이야.

이거야, 원… 기술이 여러 개라 몸값도 비싸고

심지어 사보이들로부터도 안전하니…

이거 너무 불공평하다. 나 같은 일반 큥은…

뭘 새삼스럽게. 인생이 원래 그렇지.

자, 갑시다. 천천히 양손 들고 일어나.

여기까지 어떻게 왔는지 모르겠지만

여기서 엘가로 갈 때까지 지금 그 기술 계속 쓸 수 있겠어? 금방 녹초가 될 것 같은데?

별걱정을… 순간이동으로 왔거든.

아…

그야말로 이런 일에 적합한 하이퍼지.

어서! 코너에 몰려 고양이한테 덤빌 쥐처럼 앉아 있지 말고.

쓸데없는 객기 부리면 너만 다쳐.

쓸데없는 객기? 이 개자식아, 엘가로 끌려가면 난 죽어.

뭐라도 해야 한다고. 근데 상대가…

하이퍼…?

……

딱히 하이퍼라고 쫄 거 없어.

어차피 한 번에 한 가지 기술만 쓸 수 있으니까.

159

컴비네이션 기술을 쓰는 경우도 있다지만 8 우주에 불과 몇 안 돼.

쿵 싸움 제1원칙은 도주로를 확보하고 무조건 선빵이다.

잔머리 굴리는 거 다 보여. 소용없다니까.

ㅊ ㄹ ㄹ ㄹ

널 데려가려고 나 혼자 온 게 아니야.

어이, 이렇게 다시 만나네.

!

삼촌 일은 정말 유감이야.

상대는 하이퍼…

게다가 셋…

다수의 하이퍼라도 마찬가지야.

8 우주 최정상 레벨이 아니라면 한정된 공간 안에서 동시 공격은 어려워.

쿵 기술엔 상호 기술 작용이란 현상이 있잖아.

물리적 오류 두세 개가 충돌하면 서로 위험해져.

제 아무리 서로 미리 합을 맞춰 본다고 해도

기술이 쓰여진 각도와 시간 차가 아주 사소하게만 나도 치명적일 수 있거든.

셋이 한꺼번에 달려들지 않는다고 해도…

ㅊ ㄹ ㄹ ㄹ

무엇보다 선빵이 먹히지 않는 놈이 있다면…?

……

그 경우는…

답이 없다.

정말 고맙게 생각해요.

......

덕분에 삼촌의 임종을 지킬 수 있었으니까.

내 선의를 그렇게 받아주니 고맙군.

우린 자넬 해칠 어떤 의도도 없어. 그건 잘 알지?

그럼요. 심부름 하시는 분들인데요.

심부름 아니고 부탁이라니까!

근데… 엘가로 들어가면 전 죽어요.

뭔가… 방법이 없을까요?

저런… 유감이군. 거기까진 몰랐어.

하지만 내 경험에 비추어 직접 만나 시간을 두고 대화하다 보면

언제나 최악의 상황은 면할 수 있었어. 그러니…

......

같이 가서 얘기 나눠보자고. 내가 도울게.

잠깐만! 아까부터 계속 신경 쓰이는데… 이게 무슨 소리야?

소리?

응. 어디 가스 배관이라도 새고 있는 거 아니야?

아, 내 몸에서 나는 소리잖아.

츠르르르

아니, 그것과는 달라. 복도에 들어올 때부터 계속 들렸어.

이거야, 원…
어딜가나 모기들이
극성이네.

……

뭐야, 총알이
특이하게 생겼네.

마취탄이에요!
저희 의도 아시겠죠?
그러니 제발 저희
팀원들…

그… 그런데
날아오는 총알을…
정지시킨 겁니까?

정지시켰다기
보다는…

내 몸의 방어
기술인데…

접근하는
외력의 속도와 질량에
비례해서

같은 크기의 저항이
몸 주변에 생겨.

그래서 총알은
저항력에 버티다가 운동
에너지가 다 떨어지면
이렇게…

팅    팅

빠른 스피드의
물리적 공격은 내 몸에
닿을 수 없어.

여친의 키스
정도라면 몰라도…

됐어. 이렇게
기다릴 게 아니라
자네가 먼저 저 친구를
데리고 엘가로 가.

티

오케이! 그럼
여기 정리하고 와.

예? 정리라니요?

163

아무렴 우리가 자네 같은 사보이들을 가만 둘 것 같나?

사… 살려주세요! 저흰 하이퍼를 거래한 적 없습니다!

똥값 때문이라며?

얼마나 다행입니까?

닥쳐!

일어나. 출발하자고.

전부터 궁금해서… 하이퍼들은 어떻게 기술을 동시에 2개 이상 쓰는 거지?

오류가 생기지 않나?

……

하이퍼는 2개 이상의 기술을 가지고 있는 거지

동시에 여러 개를 쓰는 게 아니야. 그런 놈들도 있다고 하긴 하던데

내 생각에 그건 허풍이야. 이 8 우주 생명체 중에서

그런 물리적 압박을 견딜 만한 종이 있을 것 같지 않거든.

근데 갑자기 그런 질문은 왜? 됐어! 대화는 그만!

더 묻고 싶은 건 엘가로 가서 해결해.

아까 얘기한 대로 당신들이 날 해칠 의도가 없는 것처럼

나 또한 마찬가지. 살기 위한 몸부림을 이해 바라.

탁

터 엉

웃기지 마.
너 홀로그램이 뭔지
모르냐?

슈슉

그게 내 심장일 리가
없잖아!

당신 입으로
그랬잖아.

기술은 동시에
못 쓴다고.

네 순간이동
기술이 마무리될
타이밍에

심장과
치환했어.

크흐윽…

어… 어느새…

털썩

슈슉

너, 인마!

칫! 타이밍을
놓쳤다! 일단…

슈슉

탓

망할 자식!

내 선의를 이런 식으로
모욕해? 널 도울 생각이
사라졌다!

당장 엘가로 끌고 가
네가 죽는 꼴을 내 두 눈으로
확인할 거야!

……

그나저나 등장할 때가 됐는데…

이렇게 속썩이는 놈인줄 알았다면

보호구역 밖으로 내보내지 않았을 거야.

됐다니까!

닷

이렇게 된 이상 널 얌전히 데려갈 수 없어!

엘가에서도 더 이상 까불지 못하게 만들어 주마!

짝

쩌 어 억

어… 어엇…!

우와아아앗…!

가 가 가

콱

네놈을 몸성히는 못 데려가겠다.

차르르르

이 도심을 벗어나려면

차로 움직여야 돼.

무기도 필요하고…

팅

!

연결됐다! 뭐야, 외부라인으로 강제 접속하니까 겨우…

제트…?

……

간만이다, 친구야. 못 본 사이 얼굴 살이 많이 올랐구나.

외행성 일 끝내고 어제 우라노에 들어왔어.

그래? 그게 사실이길 바라. 쫓기는 중이다. 당장 도와줄 거 아니면 끊어.

쫓겨? 누구한테? 너 지금 어디야?

……

뭐야, 넌?

우우웅

자동운전 모드, 경로는…

엘가의 타깃이 돼 지금 하이퍼 퀑에게 쫓긴다고?

설명하려면 길어. 숨돌릴 여유 생기면 통화해. 끊는다.

야, 다이크! 인마!

제기랄! 도심 이동용 출력하고는…

이런 속도면 차라리 뛰는 게 낫겠어.

!

제기랄! 뭐가 솟아난 거야? 하이퍼 놈…?

크윽…

그래… 네가 한 가지 분명히 알았으면 좋겠어.

하이퍼 큉들을 치웠다고 우쭐해할까 봐 하는 얘기야.

크으읍…

생포해 오라는 부탁이 아니었다면 넌 벌써 끝났어.

171

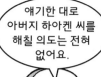
얘기한 대로 아버지 하아켄 씨를 해칠 의도는 전혀 없어요.

가이린 양도 경험한 것처럼 제 얼굴 상태가 많이 혐오스럽죠?

원래의 모습을 되찾기 위해선 아버님의 도움이 꼭 필요할 뿐입니다.

근데 어쩐다… 우리 부녀 사이가 남보다도 못해 별 도움 안 될 거야.

당신은 조만간 그걸 알아차릴 테고…

그러니 난 살 궁리 해야 하고…

네, 알겠습니다. 제가 백작님께 도움이 될 수 있길…

끄윽

엇! 죄송해요. 매너 없이… 오늘 과식했나 봐요.

우왓! 창피해!

ㅎㅎㅎ 괜찮아요. 생리현상 억지로 참으면 병 됩니다. 식사가 입맛에 맞았길요.

난 가이린 양의 그런 가식 없는 반응이 참 좋아요.

……

이 자식… 역시 나한테 이런 건 네가 처음이 였어.

우리…

이제 자리를 옮길까요?

……

그래, 분명히 네 입으로 가식 없는 반응이 좋댔어.

예상하는 단계로 넘어가면 바로 낭심부터 걷어차주마.

차
ㄹㄹ
ㄹ

어떤 방법을 쓸지는
대충 알겠지?

탁

슈
슈
슉

……

!

크흐억!
뭐야…? 이게
무슨 짓이야?

잘 알지?
순간이동 능력자가
다른 큉들 엿 먹일 때
즐겨 쓰잖아.

여전히
게오르그 필터를
통해서는 큉으로
보이겠지만

기술 발현처인
양팔이 외부 물질과
융합돼버렸으니

이제
앞으로 두 번 다시
네 잔기술은 쓸 수
없어.

엘가에서도
지금 이 꼴을 무척
환영할 거야.

크으읏…!

정말 기술 발현이 안 돼.

염병… 내가 이런 멍청한 꼴을 당할 줄이야.

이렇게… 이대로 끌려가 버리면…

삼촌의 희생은 그야말로 개죽음!

무엇보다 테이…

내 동료들에게 참회하길 바라. 그럼 본인 신세도 금방 적응될 거야.

자, 이제 가지!

퍽

틱

널 따라갈 수는 없어.

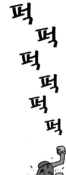

퍽 퍽 퍽 퍽 퍽 퍽

미안, 이런 험한 꼴이 되게 해서…

이 상태로 할 수 있는 게 이 방법 뿐이라… 꼭 참회할게.

하아

무겁다…

몸에… 피가
안 통하나…?

가슴이…
너무 조여.

하아

숨쉬기가…

털
썩

쿵

안 돼…

이렇게
끝나버리면…

삼촌…

테이야…

어때요? 괜찮아요?

뭐… 그저 그래요. 읊으시면 무조건 핀잔 주려고 했어요.

후후… 타이밍도 꽤 적당했고.

그건 제가 내릴 평가 같은데요.

또 외우고 있는 시 있나요?

없어요.

치이이… 시의 용도를 알겠네요.

지금까지 열댓 번 썼는데

절반 이상은 먹혔어요.

그런 시로 절반이나 성공 했다면 꽤 분투 하신 듯.

뭐야, 엄청 잘…

좋아요. 돌멩이가 건너편으로 넘어가면

가이린의 부탁을 하나 들어줄게요.

……

물수제비 퀑이네.

좋아요, 뭐든지 얘기해봐요.

약속은 약속이니까.

……

…응?

방금 무얼…?

동의를 구하고
손 한번 잡아봤어요.

아, 이 엉터리…!
저 정말 진지하게
얘기한 거란
말이에요!

가이린의 몸은
가이린 거예요.

누가 감히
주인의 허락도 없이
손댈 수 있겠어요?

우리 엘가는
상식적인 공간이니까
마음 편히…

……

불편한 점은
언제든 얘기하고요.
아셨죠?

그… 그렇게
말씀해주셔서 너무
감사해요.

이런 낯선
곳에서 혼자… 많이
무서웠거든요.

말도 안 돼.
그렇게 무서워서
다짜고짜 주먹부터
날렸어요?

그때 일은
사과드릴게요! 제가
무례했습니다!
죄송해요!

사과를
받아들이는 의미로
이 가면을 벗어봐도
될까요?

그건
좋은 생각이 아닌 것
같아요!

네, 갑시다.
숙소까지 바래다
드릴게.

아… 아버지를
한시라도 빨리 찾길
진심으로 바라요.

ZZZ…

흐으음…

장로들 데리고
축하 이벤트까지
열겠대요.

아주 이참에
쐐기를 박겠다는 거
아닙니까?

대놓고 다른
의견들은 묵살하고
있는 거지요?

응, 분명히…

표도르…

야심가답게
이 친구 일처리가
거침없구먼.

드디어
적당한 샘플을 찾은
모양이지?

어쩌실 겁니까?

틱

예, 영감님.

루크, 자네한테
물어볼 게 있어.

요새
일반형 위장 박스…
얼마에 팔지?

며칠 전부터
장당 15만 원에 거래되고
있어요.

가격이 꽤나
많이 떨어졌구먼.
알겠네.

틱

네? 위장
박스요?

지하 마켓
거래 물품 들키지 않게
보호하는 포장.
알지?

루크는 종단
지하 마켓 몇 군데에
위장 박스를
납품해.

박스 가격은
거래량과 반비례
하니까…

이 정도
가격이라면
규제가 풀렸다고
봐야지?

표도르와
대척점에 있는
베레미즈가 개입한
거다.

우리 같은
근본주의자들에게
표도르의 성과를
뭉개라는 암묵적인
메시지.

제 손에는
피 안 묻히면서
견제하겠다는…

그런데
주교들이 한 가지
간과하고 있는 게
있어.

종단 안에서의
서열 말이야.

교훈이 필요한 때가
다시 찾아온 듯.

그럼…
표도르 주교를
치실 겁니까?

아니.

표도르, 베레미즈
두 놈 다 치울 거야.

덴마니
베샤카의 아침이니
그딴 거… 난 허락한 적
없거든.

……

아직까지 단 한 마디의 변명도 없다고?

예, 엘가로부터 어떤 메시지도 받은 게 없습니다.

……

푸흐흐흐…

하즈를 모르겠어.

도대체가…

배짱인 건지 미친 건지…

8 우주에서 날 이렇게 대하는 건 아마 그놈뿐일 거야.

뭐? 거인의 어깨 위에 함께 올라타자고?

내 화력은 공짜 총알받이로 쓰면서 오돔 공작의 경호대를 끌어 들여?

공작한테 얼마나 썼을까? 나한테 지불했어야 할 돈까지 몽땅 바쳤겠지?

멍청한 엘 놈을 쥐락펴락하더니만… 전부 우습게 보이는 거야.

좋아. 일주일 더 기다려 보겠어.

하즈… 내 인내심을 시험한 대가를 톡톡히 치르게 해주마.

! 

가즈오 사제?

그렇습니다. 저를 찾으셨다고요?

반갑습니다. 저희는 종단 기무사 소속입니다.

최근에 종무장님의 부름을 받으셨다고요?

현재 우라노에서 임무 도중 실종된 팀원을 찾고 있는데요.

몇 가지 여쭤려고 왔습니다.

우라노 업무 때 혹시 저희에게 도움이 될 만한 단서…

…같은 게 있었을까요?

……

아뇨. 종무장 심부름에는 분명히

라인 연결이 끊긴 팀원분 행적에 대한 언급이 있었습니다만

저는 훨씬 더 중요한 사안에 집중했습니다.

이후 종무장께 별다른 추가 명령은 받질 못해서…

콱

방금 뭐랬냐?

크흑! 갑자기 이 무슨…

너 방금 뭐랬냐고?

슈슈

!

어딜!

텅

슈슈

슈슈

훨씬 더 중요한 사안? 이게 지금 그걸 말이라고….

우리 종단은 이게 문제야.

구성원들을 너무 도구 취급해.

사람이 안 보이면 찾는 시늉이라도 해야 할 것 아냐?

우리가 쓰다 버리는 일회용품이야?

너 같은 잡컹이랑 말 주고 받으니까 만만해 보여?

끄륵

종무장도 행적을 살피라고 얘기했다며?

그럼 지금도 우라노 어느 구석을 헤매고 있어야지. 왜 여기서 속 편히 자빠져 있는데?

그래, 직책이 사제라 실종된 연인 찾는 남의 마음 같은 거… 알 리가 없다는 거겠지?

187

꽈 꽈 꽉

정신 들면 종단 사람들 귀한줄 알길 바라.

이거야, 원…

얼마나 대단한 기밀이길래

사람 찾자는데 종무장은 입을 닫아버리고

기껏 심부름 당사자를 찾았더니

일 엉망으로 하는 저런 엉터리…

됐어!

내가 직접 우라노를 이 잡듯 샅샅이 뒤질 거야.

음, 우리 형이 네 그런 모습에 끌렸다는 건 알지만

지금 필요한 건 좀 더 현실적인 대응이야.

현실적이라니? 네가 확인했다며?

네 형의 업무가 개인 사정으로 분류돼 기무사의 도움은 못 받는다고.

제기랄! 하필이면 내가 자리를 비운 사이에…

속상해 미치겠어!

……

……

그래, 형을 생각하는 마음은 가족인 나보다 네가 낫다.

정보 팀에 요청하려던 건

위성 기록을 이용하면 최소한 사막에서 바늘 찾기는 피할 텐데

사적인 용도? 미친놈들이 도대체 뭐라는 거야?

행성 우라노에 배치된 종단 탐사 위성…

사적인 용도의 정보 공유는 안 된대. 데이터 팀 입장이 너무 강경해.

좋아, 그럼 나도 강경하게 요구해 주지!

……

끄으응…

띠리릭

CALL

웃! 하즈다…

행크 이 자식을 어떻게 엿먹이지…?

네엣! 하즈 님! 아…

구역별 사보이 팀들이 계속 하아켄을 추적 중입니다. 조만간…

그래, 제발! 자네에게 다른 용무가 있어 전화했어.

예! 뭐든 말씀하시죠.

게시판에서 가이린 양은 삭제해 주게. 이미 이곳에 와 있네.

그리고 아티카 교도소에서 꽤 비싼 가방 하나를 찾아와줄 수 있겠나?

예? 아티카 교도소요?

응.

189

아…
가서 달라고 하면
받을 수 있는 물건은
아닌 거죠?

......

알겠습니다.
최대한 빨리 가져다
드릴게요.

......

이후의 일은 내가
처리할 테니 걱정 말고.
물건 정보는 메시지에
첨부할게. 그럼…

네, 하즈 님.

아티카…

......

행성자치위원회의
감찰국 직속 기관으로

주로
쿵 범죄자들을
다룬다.

우라노에서 발견된
사물 쿵의 속성을 응용한
이 특수 교도소에는

위탁받은
외행성 쿵 범죄자들도
다수 수감돼 있지.

하즈가 사보이들에게
이런 일을 맡기려는 건

공간의 특성 때문에
오히려 일반인의 접근이
용이하기 때문인 거야.

그래서 말인데
방금 좋은 생각이
떠올랐어.

이 일을 우리
사보이 쿵 행크에게도
맡기는 거야.

물론… 역할은
총알받이!

190

흠… 잘 잤어.

여기 아침…
밤과는 또 다르게
너무 좋다.

이런 게
일상이라니…
귀족들은
좋겠다.

난 이곳에서
얼마나 머물게 될까?
이후엔… 어디로
가야 하지?

메시지…?

⋯⋯⋯

도련님이
날 찾는다고?

흥!
대충 의도를
알겠어.

뻔해! 아버지에게
접근 말라는… 사람
꽃뱀 취급 하려는
거지?

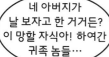
네 아버지가
날 보자고 한 거거든?
이 망할 자식아! 하여간
귀족 놈들…

더러운 짓거리는
본인들이 더 하면서
애먼 사람 병균 취급
하고 ㅈ랄이야.
짜증 나게.

⋯⋯⋯

그나저나…

다이크가
테이 씨 이야길 제대로
전해 들은 건가?

그럼
상황을 되물으려고
내게 바로 연락했을
텐데…

191

응? 지금 눈 뜬 거지?

다이크?

정신 드냐? 나야! 네 생명의 은인, 제트!

여긴…?

친구가 운영하는 지하 클리닉.

널 구하려고 내가 그 도심지 지옥으로…

움직이지 마!

분리 끝내고 해독 중이야. 이제 다 됐어.

친구야, 내 말 듣고 있냐?

네 몸에서 융합 물질 분리가 가능했던 건

네 신체 구조가 치환 기술에 적응 변화된 덕분이래.

하여간 이래저래 억세게 운 좋은 녀석이라니까.

잠시만!

뭐야, 이 자식들! 연락 말고 내 전화를 기다리라니까.

응? 똥머리에게서 온 메시지네.

192

다시… 기술을 쓸 수 있을까?

물리적 원리로 분리한 상태라 문제없대.

근데 네 얼굴에 난 붉은 자국… 뭐야?

아무리 닦아도 지워지질 않던데…

……

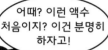

어때? 이런 액수 처음이지? 이건 분명히 하자고!

이 일은 내가 하즈 님한테서 직접 받은 거야.

여기에 적합한 인물로 내가 널 고른 것이고. 그러니까

기존 수익 배분율이 적용돼야 해. 알겠지? 답변 기다릴게. 그럼.

……

보상이 엄청나. 무슨 가방이길래…? 어쨌든 놓칠 수 없는 일이다.

엘가의 하즈와 다시 연결될 수 있는 절호의 찬스!

안에 있는 물건을 안 다치고 빼 오려면… 다이크가 적격이지.

녀석을… 어떻게 설득해서 이 일에 끌어들인다?

……

어째 내 손이 내 것 같지 않은 기분…

테스트해볼래? 종이컵 있는데.

응, 근데 좀… 불안하다.

……

슈숙

아싸, 된다! 최고야! 끝장난 줄 알았거든!

콱

며칠 지나면 예전 같은 기분이 들 거래.

고마워, 미라이! 내가 해결할 문제들이 날 기다린다는 확신이 들어!

다행이네. 따뜻한 차라도 한잔하자.

당장은 테이…

틱 틱

종단 측 담당에게 바로 전화해서…

……

그게 지금 무슨 개소리야?

다이크를 잠시 빌려 쓰겠다고?

당장 갈 테니까 닥치고 놈이나 붙들고 있어! 개수작하지 말고!

아, 됐어! 다이크한테 폭로할 거야. 알아서 도망치겠지?

이 개자식이… 지금 뭐 하자고? 그걸 말이라고…?

에이, 쌍! 그러니까 내가 얘기하잖아!

잠시 놈이 필요한 일이 있다니까!

닥쳐!

누가 다이크를 빼돌린대? 날 뭘로 보는 거야?

너희랑 어긋나고도 내가 우라노에서 살 수 있겠냐?

잠깐 한 건만 처리하고 너희한테 넘긴다니까!

정 못 믿겠으면 같이 가서 대기하고 있으면 되잖아!

끄응… 왜 불통이야?

수시로 연락 가능할 것처럼 얘기해놓고는…

띠리릭

CALL

어?

아…

연결됐다! 다… 다이크! 얼굴… 괜찮아? 어디야?

가이린, 그렇지 않아도 테이 때문에…

너야말로 어디야? 설마 엘가…?

응!

!

…그래? 네가 보낸 메시지… 간접적으로 들었어. 어떻게 된 거야?

아, 테이 씨도 우리와 같은 실험에 참여했던 것 같아. 근데…

깨어나질 못하고 있대.

그… 그게 무슨 의미야? 원인은…?

일종의 혼수상태인가 봐. 담당의는 모르겠다는 말만…

이런 망할 자식들…! 너 종단에 연락되니?

잠시만. 아직 개별 연락은 해보질 않아서…

……

어? 이런…! 연결이 끊겨 있어.

뭐?

내가 가진 종단 연결 라인은 이것뿐인데…

제기랄! 우리가 속은 거야! 그 개자식들 처음부터…

하이, 예쁜 아가씨!

이거 또… 내 도움이 필요한 상황 같은데…?

종단이라면 네 여친이 믿는 태모신교?

…응.

오, 맙소사! 이번 외행성 일로 거기 종무장과 친해졌어.

뭐? 거짓말!

마! 이 8우주에 내 인맥 안 닿는 곳이 얼마나 되겠냐?

그렇게 유명한 컬트 집단에 내가 아는 사람 하나 없으라고?

테이 씨 소식은 바로 전해줄 테니까

대신… 생명의 은인인 나랑 일 하나만 같이 하자.

196

……

이미 내 무게가 실려 궤도 이탈 중이야.

이 메인 위성이 사라지면 우라노의 종단 보조 위성들은 쓰레기가 되는 거지?

끄응…

톡톡톡

……

이렇게 합시다. 원하는 정보 공유할게. 서로 입 다물자고.

떼쓰면 된다는 사례가 알려지면 우리 팀 해체돼.

물론 당신이 받게 될 처벌에 비하면 별것 아닌 것처럼 들리겠지만.

오케이! 요청한 자료 전부 보내줘!

슈 슈슉

여기가… 흔적의 마지막. 순간이동과는 다른 형태로 신호가 사라진 곳.

츠 즈 즈 즈

198

……

그러니까…

회복 중이라고 말씀드릴 수 있습니다.

테이의 의식이 돌아왔다는 얘기죠? 지금 깨어 있다는…?

아, 도대체 그게 어떤 상태냐고요?

테이의 모습을 잠시라도 보여줄 수는 없어요?

그건 제 권한 밖이고요.

가즈오 사제님은 왜 연결이 안 됩니까?

그런 분은 저희도 연결이 어려워요.

아마 업무가 바뀐 것 같네요. 종단은 일이 많거든요.

지금 통화하는 분이 테이 소식을 제대로 알고 있다고… 제가 어떻게 믿죠?

형제님이 테이 자매의 남친이라는 걸 저는 어떻게 믿어야 할까요?

끄응…

하루 빨리 완쾌돼 두 분이 만날 수 있길 바랍니다.

……

테이를 위해 제가 여기서 할 수 있는 일이 있을까요?

글쎄요… 진짜 남친이라면 이미 잘 알고 계실 것 같은데… 그럼 바빠서 이만.

틱

어? 잠깐만! 이봐요… 야! 야, 인마!

염병할! 사제 놈 더럽게 까칠하네.

내가 너라면 테이 씨를 위해 어떤 경우라도 대비하게 돈을 마련할 거야.

하긴… 그나마 그게 가장 현실적이지.

20%라지만 꽤 큰 돈이야. 이번 일 끝나면 내가 친구인 게 많이 감사할 거다.

오케이! 일단 급한 불은 껐다.

방금 그 친구… 기대 이상으로 잘해줬어.

후우우우…

이야, 너 연기에 재능 있는 듯!

자식이… 별걸 다 시키네.

출렁

덕분에 타깃이 우리 손아귀에 있는 걸 분명히 확인했잖아.

출발하자! 우린 먼저 가서 준비해두자고!

목적지가 어딘데?

터 덩

덩

덩

엘가에 파견된 오둠 공작의 하이퍼 경호대라고?

그럼 대충 전투 레벨이 짐작이 가네.

분명히 말하지만 엘가에 잠시 고용된 너희가

내가 찾는 붉은늑대의 해방을 모른다고 목을 내놓을 필요는 없지.

슈슉

…만 지금 기분이 정말 개떡 같은 게 문제야!

너희는 억세게 운도 없게 내게 먼저 시비를 걸었고.

텅

연인을 쫓아 직장을 옮기지 않았다면 너흰 오늘 죽지 않았을 거야.

난 고산 공작님의 백경대였거든.

아…?

아티카?

응, 자세한 내용은 첨부파일에 있다니까 이동하면서 살펴 보자고.

치아 끼우기 다 됐어요. 잠시만…

이제야 좀 편안하군.

딱 딱

미라이, 아티카라면…?

맞아, 거기야. 큉 범죄자들을 대상으로 한.

사물 큉 코어로 만들어진 구조라…

아, 거기… 큉 기술 쓸 수가 없지?

뭐?

그건 너희가 더 잘 알지 않아?

수감자 정보는 기밀이라 딥 웹으로나 확인 가능할 텐데

내 기억이 맞다면… 거기 우라노 사천왕들도 감금돼 있어.

……

어때요? 여기 지낼만 해요?

칭

응?

지낼 만한데 네 코가 다가오니까 많이 불쾌하다.

네. 백작님께서 무척 정중하게 대해 주셔서 감사하고 있어요.

프흐흐흐…

정중함의 근본이 뭔 줄 알아요?

상대를 나보다 낮게 평가하는 마음. 매너 있는 자신한테 취하는 거지.

흐흐흐…

넌 그렇게 말하는 자신한테 취해 있는 것 같다.

너희가 누군들 우습지 않겠니? 그러니 겉으로라도 예의 있는 편이 나아.

내가 보자고 한 건 나… 가이린과 가까이 지내고 싶어서야.

폽!

어때?

뭐가 어때? 이 자식아, 다짜고짜 전후 맥락도 없이.

슬픈 감정! 슬픈 감정! 미치도록 슬픈 감정!

완전 슬퍼! 최고 슬퍼! 이 행성에서 내가 제일 슬퍼!

흐윽…

응…?

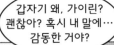

갑자기 왜, 가이린?
괜찮아? 혹시 내 말에…
감동한 거야?

아놔, 이 미친!
지금 어떤 대목에서 내가
감동해야 되는데?

여기 수건…

감사합니다.

사실 저…

응, 얘기해.

도련님이
보자고 했을 때…

저를 백작님께
접근하는 꽃뱀 취급 할
거라고…

오, 맙소사!
말도 안 돼!

가이린은
아버지를 후려갈긴
사람이야.

날 봐, 가이린.
내 눈을 봐.

와, 미간 진짜…
진심으로 걷어차고
싶다.

난 상대의 눈을
보면 바로 알 수 있어.
가이린은 그런 사람이
아니야.

그야말로
순수한 영혼…
그 누구도 내 눈은
속일 수 없지.

…라며
눈앞에서 실시간으로
속고 있음.

204

가이린…

이 패턴…
어물쩍한 틈에
키스하려고?

오해 없으시다니
정말 감사해요, 도련님.
개인 일정으로 이만…

으응?
버… 벌써…?

그… 그래.
아가씨를 숙소까지…

옛썰!

뭐야, 이게…

부자가 동시에
날 마음에 들어
하는 거야?

아놔, 세대를
관통하는 나의
매력이라니…

갑자기 기운이
솟는다.

동시에…
머리가 복잡해져.

이 기회를
어떻게 활용하지?

……

뭐지?
뭔가…

은근슬쩍
당한 것 같은
이 기분…?

205

이런 와중에도 월급이 나오니 뭐라 불평하긴 좀 그렇지만

대체 엘가는 어떻게 돼가는 거야? 주요 도심은 오돔 공작 팀이 장악하고

엘가의 상징이었던 우린… 이 꼴이 뭐냐고?

요새 하즈 님이 계속 헛다리 짚는 느낌.

터엉

!

어? 저긴 공작 팀 경비 구역… 테러?

슈슈슉

슈슈

어이, 같이 가야지?

어엇…!

뭐야?

떡

떡

여기 있었군, 붉은늑대!

공작 팀은 바로 목이 날아갔지만

너희는 내 질문에 답을 못 하면 고문당하다 죽는다.

선빵 다이크…

그 자식 지금 어디 있어?

철컥

장비 점검 중. 빨리 안 넘어오고 뭐 해? 표정은 왜 그 따위야?

똥 씹어서 그래. 거기서 쿵 기술 못 쓴다는데… 너희 괜찮겠어?

이게 지금 우릴 뭘로 보고… 쫄리면 빠져!

안 그래도 일은 우리가 하는데 너랑 나누려니까 짜증 난단 말야.

똥머리 이 개자식이 날 엿 먹이려고 이 일을 맡긴 거야.

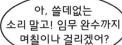

그런 곳에다 쿵을 밀어 넣는 건 가서 죽으란 얘기…

놈을 엿 먹이려면 다친 데 없이 가방을 가져오면 돼.

그래, 검둥수리라면 충분히 가능하다.

알았어. 너희만 믿는다. 거기로 곧 넘어갈게.

나누는 몫을 다시 조정할까 봐.

아, 쓸데없는 소리 말고! 임무 완수까지 며칠이나 걸리겠어?

지금 네가 보낸 첨부파일… 정보 분석 중이야. 가치가 있다면 바로 들어가야지.

별문제 없다면 이틀 정도…?

오케이! 이따 보자!

이틀 뒤, 아티카 교도소

콰 콰 콰 광

콜록
콜록
콜록
콜록

제기랄!
엄청난 폭음…

어이, 괜찮아?

지금 어떻게
된 거야? 테러?

응.

퉁

퉁

퍽

퍽

반나절 자고
일어나면 무슨 일이
있었는지 알게 될
거야.

아니다. 좀
헷갈리겠다.

이렇게 하자고.

가방만 가지고
나오는 건 곤란해.

무슨 소리야?

멍청아, 목적이
너무 명료하잖아! 우리가
그만큼 노출되는
거라고.

혼선이 필요해!
수감된 외행성
쿙들 중엔 정치적으로
민감한 놈들이 있어.

여기… 306동.
고향 행성으로
돌아가면 시끄러워질
놈들이야.

이 중에
아무나 하나 데리고
나와.

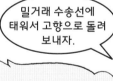

밀거래 수송선에
태워서 고향으로 돌려
보내자.

그럼 우리 일이
정치적으로 복잡한
퍼즐로 보일 거야.

209

그만큼 우리도 안전해지고…

이 일은 두 사람이 맡아. 쫄릴 테니까 드론 가져가고.

괜찮은 방법이야.

근데… 누굴 데려간다?

!

친구야, 네가 골라.

……

어이, 이봐! 방금 폭발… 당신들 짓이지?

누굴 데리러 온 건가? 나도… 나도 좀 데려가!

이봐, 나도!

나도!

나를 데려가!

보상은 충분히 할게! 당신의 노예가 될 수도 있어!

아, 됐어요! 무리하지 마!

평생 먹고살 돈을 줄게! 제발 나 좀 데려가요!

고향에 병든 부모님이 계세요. 부디 임종이라도 지킬 수 있게…

처자식을 못 본 지 너무 오래됐어요. 이제 곧 아이의 성년식….

날 기다리는 조카가 있어요! 제발 여기서 나가게 도와줘요!

아, 이 양반아! 당신 바보야? 조카라니?

친자식으로도 설득이 어려울 판에 그런 아이템으로 퍽이나…

조카가 몇 살이에요?

12살…
12살입니다.
제발…

물러서요.

그 양반으로 하게?

펑

멈추지 말고 드론이 이끄는 대로 계속 뛰어요!

고맙습니다!

감사는 탈옥 이후에나…

끄으응…

벌써 5분이나 지났는데…

이 인간들이 내가 시간이 남아도는 줄 아나?

그렇다고 돈을 더 줄 것도 아니면서…

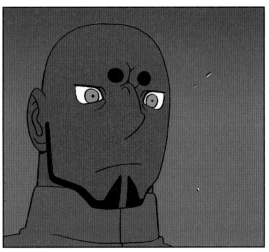

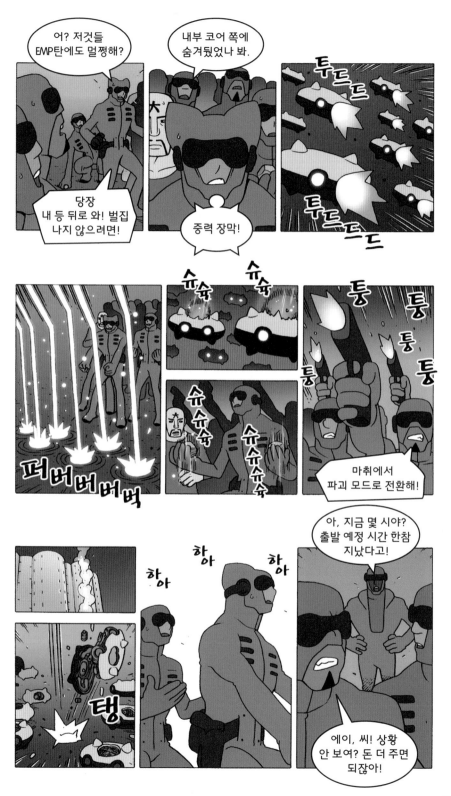

퍽이나!
돈은 됐고…

어이,
다이크라는 친구!

전해줄 게 있어!
잠깐 앞으로 나와봐!

네 삼촌이
네게 주려던
거라던데…

…응?

자, 여기!
이게 뭐냐면…

어, 잠깐만!
저기…

퍽

퍽

크아아앗…!

네놈이 좋아하는
선빵이다!

어때? 맨날
주기만 하다가
받으니까?

방심했다가
네 잔재주에 당한
내 연인의 복수를
위해 왔어!

슈슈슉

조용한 데로
가자고! 머리부터
발끝까지 조각조각
분해해줄 테니까!

......

됐다! 위치 추격기까지 제거.

지금부턴 어디든 들고 다녀도 돼.

이제 말 좀 해봐.

틱

이 가방… 어디서 난 무슨 물건이야?

쓸데없는 호기심이 사람 다치게 한다고…

당신이 했던 말이야.

......

......

좋아, 가방 전하고 올게. 마무리는 너희가.

어디서 보게?

연락할게. 안전한 데서 오늘 진탕 마시자!

우리도 서두르자. 불필요한 동선 안 남게.

오케이!

……

자네한테 일을 맡겼다고?

예, 아무래도 그런 일을 탈 없이 해내려면…

흐음…

가방은?

넵! 여기! 보안 장치 전부 제거했습니다.

그래, 뉴스로 전해 듣는데 일처리 꽤 깔끔한 듯.

평소 제 방식이죠.

물건을 직접 받는 건 부담되실 테니 수령인을 알려 주시면…

……

아니네. 내가 직접 받도록 하지. 가져오게.

아… 예!

통화는 여기까지. 수고했어. 또 보자고.

아싸, 성공! 다시 하즈의 눈에 들었다!

똥머리 자식, 이번에 아주 제대로 엿 먹여주마.

……

사천왕의 부활… 목표를 위해 잠시 쓰는 패인데도

막상 눈앞에 닥치니 엄청 긴장된다. 과연 적절한 전술일지…

……

뭐? 지금… 뭐라고 했어?

덴마 프로젝트 시설 전체가… 폭발로…

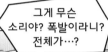

그게 무슨 소리야? 폭발이라니? 전체가…?

구체적인 설명은 주임이 하겠다고 방금 주교님께 달려 갔습니다.

이… 이건 주교님의 약진을 가로막는 세력의 테러가 분명합니다.

시설은… 이런 대형 폭발이 일어날 수 없는 구조거든요.

주… 주교님…!

그래, 자세하게 설명해봐! 어떻게 된 거야?

뭇시엘.

탕

틱

어르신, 처리했습니다.

수고했어. 다음 타깃으로 넘어가게.

칼번이요?

예, 가본 적 있어요?

아뇨. 살기 좋다는 얘기만 들었어요.

사는 거야… 비슷비슷할 겁니다. 돈만 있다면야 어디든 좋죠.

아, 하긴 그렇죠. ㅎㅎㅎ…

거기서 무슨 일 하시다 여기까지 오신 겁니까?

아, 그보다 먼저 이유가 궁금해요.

왜 절 꺼내 주신 거죠? 현재 저로서는 딱히 보답할 방법도 없는데…

얼마 전에 절 돌봐주시던 삼촌이 돌아가셨어요. 그게 이유입니다.

……

전 군인이에요. 모함에 빠져 우라노에 왔습니다.

8 우주 쿵 정보 수집이 제 임무였죠.

잠시만요. 제 계정이…

오케이. 아직 살아 있네. 어디… 볼까요?

……

삼촌분 성함이… 두모 님.

같은 기술을 쓰셨네. 아, 최근에 운명을 달리 하셨군요. 삼가 고인의 명복을 빕니다.

어떻게 거기까지 아는 겁니까?

행성 간 이동이 가능한 시대인걸요. 행성별 쿵 딜러들보다 조금 더 아는 수준이긴 하지만.

8 우주 쿵들 중에 저희 눈 밖에 있는 존재는 없을 겁니다.

블랭크들의 계보와 일상까지 꿰고 있으니까요.

이건 제 계정 주소예요. 언젠가 제가 도울 일이 있을지… 또 누가 압니까?

고맙습니다. 저장해둘게요.

어째…

다시 만날 것 같은 느낌…

툭. 퍽

ㅎㅎㅎ… 드디어 우리 손아귀다!

대체 이게 얼마짜리 복권이냐?

……

……

……

……

그래서 지금 누구 소행인지 추적 중이랍니다.

그게 무슨 의미가 있어? 주교를 타깃으로 삼은 놈들이야.

시간을 끌다 잔챙이나 몇 던져 놓을 거라고.

그러니 지금 필요한 건 더 큰 피해를 막을 대비책…

오, 맙소사…

주교 암살이라니… 도대체 무슨 생각인 거야?

분열된 종단이 자기들에게 이익이 된다지만 그렇다고 주교까지…

내가… 내가 너무 경솔했나? 그들에게 지하 마켓의 규제를 풀어준 건

거래 되는 화력 수준에서 자기들 입장을 어필하라는 거였는데…

시설에 터진 폭발 화력은 종단의 지하 거래 화기 수준을 훌쩍 뛰어넘는 것이었습니다.

……

……

설마… 내 암묵적인 메시지가 꼰대들의 심기를 건드린 건가?

네까짓 게 뭔데 우릴 종용하냐고?

만일 그런 이유로 보여주는 본보기라면… 나도 위험하다!

당장 종단 감찰국에 신변 보호 요청해!

예? 누구의 신변을…?

누구? 떨고 있는 내가 안 보여?

만일 내가 타깃 중 하나라면…

이대로 있을 수는 없어.

!

끄아아아악! 아파, 제기랄! 머리…

뭐야, 여긴 어디야?

덜컥

큥 기술 쓰려고 하면 전기 충격이 올 거야.

심장마비로 죽게 될 수도 있으니 얌전히 굴어.

너희… 뭐야? 지금 날 어디로 데려가는데?

우린 큥 잡는 사보이, 군수업체 딜러에게 가고 있어.

제트… 제트, 이 개자식! 어디 있어?

아, 이건 그놈과는 아무런 관계도 없는 일이야.

하즈 님과
약속돼 있는데…

이름…?

아, 왔나?
올라오게.

……

그래, 난 이런
일처리를 기대했던
거야.

자네와의
개인 거래를 다시
시작하지.

감사합니다.
일처리 깔끔하게
하겠습니다.

하아켄은
신경 꺼도 좋아.
다른 사보이들이
달라붙었으니.

기회가 된다면
반드시 저희 손으로…

좋아. 바로
입금할게. 그럼 또
보자고.

하즈의 신임을
얻었다. 똥머리 같은
잡것들이 끼어들지 못하게
바로 소문을 내야겠어.

엘가의 뒷일은
우리 펜타곤이 전담하게
됐다고.

...

예상대로 사보이 팀들이 섞여 있어.

연합한 게 아니라니 그나마 다행이네요.

자네에겐… 정말 면목 없구먼.

나 때문에 잘나가던 팀도 깨지고 쫓기는 신세로 우라노를 떠나게 됐으니…

별말씀을요. 팀장 아니었으면 지금의 제가 있었겠습니까?

그런 말씀 마시고 새로운 행성에서 앞으로 우리가 어떻게 지낼지 고민하자고요.

......

행성 간 이동 큡을 구하지 못한 게 많이 아쉽네요.

행성 방위 위성에 걸려 도착과 동시에 가루가 되는 것보단 번거로워도 이게 낫지.

이제 가지. 믿을 만한 친구니까 염려 말게.

예, 믿습니다.

!

떴다!

잘 들어. 지금 여기엔 우리만 있는 게 아니야. 10개 팀 정도가 들어와 있다고.

누가 먼저 잡았는지가 명확하지 않으면 우리끼리 다투게 돼. 원거리 사격은 금지다.

그러니 먼저 접근해서 잡는 놈이 임자야!

안 돼! 뺏길 수 없어!

타깃은 우리 차지다. 조금만 앞으로 더…

고맙네. 이렇게까지…

고맙긴 뭘…

퉁

퉁

털썩

돈이 되니까 이러는 거지.

우와, 이것들 얼마짜리래?

젠장! 한발 늦었네.

나눠 가집시다!

뭘 나눠 가져, 이 양반아!

아, 하나 정도는 양보해요.

당신들 소속이 어디야? 타깃들과는 어떻게 접선한 거지?

어떻게라니? 그게 실력이지. 심정은 알겠는데 기본 룰은 지킵시다.

명백하게 내가 잡았어. 당신들이 증인이고.

아, 김빠져. 갈래.

엄청 아쉬워들 하네.

응? 이 친구들 얼마짜리냐고?

신경 꺼. 알면 심란해진다.

우리 몫은 이미 받았으니까 어서 옮기자고.

정말?

너희가 부럽다.

팀장 잘 둔 덕분에 가만히 앉아서 엘가 일 받아먹는 혜택을 누리네.

팀장…?

팀 준칙 잊었어? 서열상 이제 팀장은 나야. 앞으로는 내 결정에 따라.

……

뭐…

그렇긴 하지. 근데 2명이나 빠진 이 마당에…

팀 이름은 뭘로 할 건데?

그동안 쌓은 업계에서의 위상도 있으니

확실하게 우리 입지를 굳힐 때까지는 당분간 펜타곤으로 간다.

잘 들어. 난 엘드곤 같은 소시민이 아냐.

평생 이런 소일거리나 하면서 살 사람이 아니란 말야.

엘가는 우리 미래를 이끄는 기반이 될 거야.

나만 믿고 따라 와.

너희는 상상도 못 했던 큰 그림을 완성할 테니까.

！

끄으응…

끄아아…

정신이 들어?

이게 어떻게 된 거야?

엘드곤… 팀장은?

당신에게 남긴 메시지야.

끄으윽… 듣던 것보다 훨씬 아프네.

웅가이 자네 괜찮나? 미안.

사보이들에게서 벗어나려던 자구책이었네.

이 메시지를 볼 때쯤이면 행성 간 이동 중이겠군.

고민 끝에 난 우라노에 남기로 했네.

아직은 돌봐야 할 녀석이 있어서…

그동안 정말 고마웠어. 인연이 된다면 자네와 다시 일하고 싶군.

모쪼록 새 거주지에서 잘 지내길 바라네. 행운을 빌어. 그럼 이만.

……

……

이봐, 그 친구 문제가 뭔줄 아나? 생각이 너무 많다는 거야. 세상은…

담배 한 대만 얻어 피웁시다.

몰상식하긴… 실내 금연이야!

당신 입에 걸린 건 뭔데?

15권 마침.

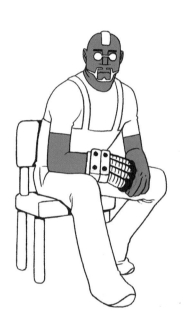

# DENMA 15

ⓒ 양영순, 2020

초판 1쇄 인쇄일  2020년 5월 21일
초판 1쇄 발행일  2020년 5월 28일

지은이     양영순
채색       홍승희
펴낸이     정은영
편집       고은주 정사라 문진아

펴낸곳     ㈜자음과모음
출판등록   2001년 11월 28일 제2001-000259호
주소       (04047) 서울시 마포구 양화로6길 49
전화       편집부 (02)324-2347, 경영지원부 (02)325-6047
팩스       편집부 (02)324-2348, 경영지원부 (02)2648-1311
E-mail     neofiction@jamobook.com

ISBN 979-11-5740-332-5 (04810)
      979-11-5740-100-0 (set)

이 책에 실린 내용은 2017년 10월 27일부터 2018년 4월 14일까지 네이버웹툰을 통해 연재됐습니다.